À Sarah

LES ENFANTS BOETTI

“Domaine français”

ISBN 978-2-330-16083-8

PIERRE TESTARD

Les Enfants Boetti

roman

ACTES SUD

Je suis arrivé à Rome un soir de canicule. Un vieux tram, qui hurlait à chaque arrêt, m'a rapidement éloigné du centre et je suis descendu via Prenestina, une large avenue bordée d'immeubles rénovés ou défoncés des années 1970, dont les lampadaires perchés à hauteur des pins diffusaient une lumière orange très faible. Les rails du tram traçaient une voie au centre de l'avenue, entourée des deux côtés par la chaussée réservée aux voitures. En direction de l'ouest, une route s'élevait tout à coup comme une rampe de lancement vers le ciel. Des voitures l'empruntaient à toute vitesse et disparaissaient dans un virage à 180 degrés sur l'autopont, à cinquante mètres au-dessus de ma tête. Les rares passants proches de moi s'effaçaient dans ce paysage urbain hors de proportion. J'ai traversé au feu avant de m'enfoncer dans une longue rue sans trottoirs, à l'abri des bruits entêtants de la circulation.

J'entrais dans Pigneto, un faubourg de l'est de Rome aux allures de village, où les maisons bancales gardaient leurs volets fermés, se camouflaient dans des gris et des beiges pâles, ou s'écartaient dans des impasses exiguës, jamais tout à fait droites, aux murets mal plâtrés. Les nombreux bars et restaurants étaient soit fermés, soit barrés de l'écriteau *Vendesi*. Au bout de la rue, un groupe de trois hommes avançaient lentement, tête baissée, sans dire un mot, tandis que je me dirigeais en les suivant chez Ada Boetti, une inconnue dont l'annonce en ligne m'avait intrigué. Elle cherchait un colocataire qui pourrait garder un œil sur son appartement lors de ses absences, le plus souvent improvisées. En raison de ces contraintes, elle ne demandait qu'un loyer modeste. Pas de familles, précisait-elle, les enfants me font peur.

Je me suis retrouvé devant une porte au troisième étage d'un immeuble qui ressemblait à une grande maison, où la lumière de la cage d'escalier ne s'allumait pas et où les marches en bois s'affaissaient en grinçant sous mes pieds. Il n'y avait pas de sonnette. J'ai frappé. Personne n'a semblé réagir. Une goutte d'eau est tombée d'un tuyau et s'est fondue dans une grande tache noire qui mangeait le plancher. J'ai attendu encore un peu avant de frapper à nouveau. J'ai entendu une suite de pas sans comprendre de quel étage ils venaient. Puis plus rien. J'ai collé mon oreille contre la porte et j'ai encore frappé trois coups distincts. Le pigeon qui somnolait dans une lucarne à ma gauche n'a pas réagi. Je me suis finalement retourné sur le palier, je me suis penché au-dessus de la balustrade, j'ai regardé en bas, dans le puits sombre formé par le mouvement de l'escalier : au rez-de-chaussée, une main a agrippé la même balustrade avant de la remonter, lentement. Je ne bougeais plus. La main s'est soulevée, a hésité un instant et s'est retirée dans le noir. Je me suis lancé dans l'escalier sans attendre, en me grattant la gorge et en tapotant les murs. Arrivé en bas, j'ai ouvert la porte de l'immeuble et je me suis éloigné très vite. Je me suis retourné après avoir traversé la rue : personne n'était sorti après moi. Un homme couvert de haillons approchait sur une bicyclette à l'ancienne, dont la roue arrière était cinq fois plus petite que la roue avant. Il portait des lunettes d'aviateur et plusieurs bracelets argentés à chaque poignet. Ses cheveux gris et fins tombaient jusqu'au sol et formaient un garde-boue pour sa roue arrière. Il est passé devant moi en fredonnant, sans me regarder, et a poursuivi son chemin. J'ai vérifié l'adresse qu'on m'avait donnée. J'étais monté au troisième étage du numéro 22 alors que je devais aller au deuxième étage du numéro 23. Au moment de franchir la bonne porte, je me suis retourné pour regarder une dernière fois l'immeuble dont je sortais, de l'autre côté de la rue. La lumière était allumée au troisième étage et une silhouette très frêle tremblait derrière le rideau.

*

J'ai pu profiter de l'appartement de mon hôte car elle était en réalité très peu chez elle et semblait toujours y passer quand j'étais absent ou dans un sommeil profond. Nous communiquions la plupart du temps par petits mots écrits sur des feuilles volantes. Le soir de mon arrivée, j'ai trouvé sous le paillasson une clé en fer doré, qui avait des taches d'oxydation orange par endroits, attachée à une étiquette blanche avec les mots *Casa grigia* inscrits au crayon à papier. Deux ou trois manteaux verts étaient accrochés contre les murs rouges du couloir. Ada m'avait laissé un message sur la grande table en bois de la cuisine, pour s'excuser de ne pas pouvoir me recevoir et insister sur le fait que je devais me sentir chez moi. Elle serait bientôt de retour même si elle ne savait pas exactement quand, et nous aurions certainement l'occasion de faire connaissance.

C'était un appartement sommaire distribué en deux pièces de dimensions équivalentes, une petite chambre qu'Ada avait préparée pour moi, et un salon ouvert sur la cuisine, où une baie vitrée donnant sur la rue concentrait aux dernières heures de l'après-midi quelques rayons de lumière. La chambre avait pour seule ouverture une toute petite fenêtre rectangulaire, à hauteur de ma tête, qui me rappelait distinctement celle d'un studio où j'avais passé plusieurs nuits lors d'un premier séjour à Rome, sans doute parce qu'elle offrait la même vue plongeante sur une cour intérieure exiguë et plus particulièrement sur l'intérieur d'une chambre à l'étage inférieur de l'immeuble face à moi. Elle permettait ainsi de guetter sans être vu des regards indiscrets qui pourraient apparaître à d'autres fenêtres, à d'autres hauteurs, dans les angles les plus improbables. La chambre disposait d'un matelas posé à même le sol et recouvert d'un drap rouge bordeaux dont l'aspect terne et usé était renforcé par les ombres qui flottaient toujours dans la pièce. Trois piles de livres partaient du sol et s'arrêtaient à hauteur des cadres qui avaient été soigneusement fixés au centre d'un mur. Dans l'un de ces cadres, il y avait la couverture d'un album des Pink Floyd, *A Momentary Lapse of Reason*, où l'on voit le même lit dupliqué à l'infini sur une plage et un homme seul assis tête basse, perdu dans ses pensées. Les deux autres présentaient la reproduction d'un grand figuier sur l'île de Funaro, et le dessin d'un chat endormi.

J'ai enfin rencontré Ada en pleine nuit, trois semaines après mon arrivée, alors que je m'étais levé pour boire un verre d'eau et qu'elle entrait dans l'appartement sans faire de bruit. Elle a eu un mouvement de recul en me voyant, mais tout de suite après m'a proposé de boire un thé en sa compagnie, dans le salon. Je me suis assis dans un fauteuil en cuir marron en face d'elle et j'ai vu, à la lueur d'une petite lampe à abat-jour orange du coin de la pièce, à quel point son visage était marqué, comme quelqu'un qui dort peu ou travaille sans relâche. Les cernes sous ses yeux étaient en tout cas suffisamment profonds pour manifester autre chose qu'une fatigue passagère. J'ai été surpris d'apprendre plus tard qu'elle avait seulement quarante-cinq ans. Elle passait régulièrement ses mains dans ses cheveux courts, hérissés d'épis bruns, pour les tirer vers l'arrière et les manches retroussées de sa veste laissaient alors voir de grosses veines bleues sous la peau de ses poignets. Elle tenait sinon ses mains jointes entre ses cuisses en grattant machinalement le tissu élimé de son pantalon avec le bout de son pouce.

Elle a commencé à poser des questions à mon sujet, en évitant mon regard, comme si elle ne s'adressait pas uniquement à moi. Elle avait aimé le message que je lui avais envoyé et avait tout de suite senti qu'elle pouvait me confier son appartement. Elle espérait pouvoir compter sur moi comme sur un vieil ami, comme sur un frère, mais cette confiance devait être absolue et réciproque. Elle ne voulait pas que je quitte ce paisible appartement à la première contrariété. Tout était très impressionnant ici : est-ce que je le ressentais ? Il suffisait de sortir dans la rue et on pouvait facilement être séduit, puis affaibli par ce qui séduit. On finissait alors par ne plus rien faire par choix et par tomber, sans se révolter, dans un état maladif. Quand on restait à Rome un certain temps, on pouvait ressentir un poids. Est-ce que je comprenais bien cela ? Bien sûr, ai-je répondu sans réfléchir. J'allais lui demander ce qu'elle attendait exactement de moi quand elle a incliné sa tête légèrement en arrière, les yeux fixés sur moi pour la première fois.

Cette pose étrange tendait son cou et plissait la peau de son menton. Son front comme le bas de ses joues rougissaient. Ses doigts désormais noués se gonflaient de sang. Elle me regardait curieusement, sans bouger. Si j'avais alors agité ma main devant son visage, je n'aurais sans doute pas suscité la moindre réaction.

Je l'ai ensuite interrogée sur les raisons de ses va-et-vient incessants, ayant l'impression qu'elle supportait mal le blanc qui s'était installé entre nous, et elle s'est levée pour aller chercher son téléphone portable, me servant une nouvelle tasse de thé au passage. Elle voulait me montrer des photographies qu'elle avait prises lors d'un voyage récent à Londres. On y voyait son frère, Angelo, un homme d'âge moyen, aux cheveux grisonnants, habillé en *pizzaiolo*, avec une équipe de serveurs et de cuisiniers. Sa présence sur les photographies était discrète, il se tenait toujours sur un côté ou derrière ses collègues mais le plus souvent, son sourire éteint le distinguait des autres. D'après Ada, qui parlait maintenant d'un ton égal, presque morne, les Italiens qui émigraient à Londres travaillaient couramment dans la restauration. La tâche était éprouvante et occupait au moins douze heures par jour, ce qui empêchait son frère de faire des rencontres en dehors de ce restaurant situé dans le quartier de Bloomsbury, au cœur de Londres, et *a fortiori* de chercher un autre type d'emploi. Il vivait donc en vase clos avec ses collègues de travail, partageait une maison avec deux d'entre eux et ne connaissait rien de la ville, si ce n'était le train qui le ramenait chez lui, dans les rues grisâtres de Nunhead, aux heures sombres de la nuit.

Les origines romaines d'Angelo avaient suffi à passer sous silence ses piètres qualités de cuisinier. Dans ce restaurant où les employés venaient de toute l'Italie – sauf Merlin, le sous-chef débarqué tout droit de la baie de Dublin –, la carte amalgamait différentes traditions culinaires régionales sans préférence marquée. La préparation de la pizza, d'ordinaire réservée à une ou deux personnes d'expérience dont le savoir-faire est respecté, était ainsi divisée en plusieurs tâches particulières, car personne ne pouvait se prévaloir d'une autorité sur le sujet, et si quelqu'un lançait le débat sur le moelleux et l'épaisseur de la pâte, Natalia, la patronne, y mettait fin immédiatement, en rétorquant qu'il fallait surtout penser à gagner du temps. Chez Vecchia Italia, Elio pétrissait et étalait donc la pâte à pizza, Andrea la couvrait de sauce tomate et parfois de tranches de mozzarella, et Angelo ajoutait des ingrédients complémentaires en fonction de la commande avant d'enfourner le résultat de cette composition dans un four à bois. Même si cette tâche avait son importance, elle n'avait pas le même sens que dans une pizzeria typique de Rome ou de Naples où elle venait consacrer une œuvre conçue de bout en bout par la même personne. Quand sa sœur lui demandait s'il n'était pas lassé par un travail aussi répétitif, Angelo faisait des réponses équivoques. En réalité, il n'y pensait pas car les choses avaient perdu leur sens pour lui depuis bien longtemps. Il prenait alors souvent le même exemple et ça lui était égal qu'Ada l'ait entendu cent fois : les *pizzaioli*, c'est-à-dire Elio, Andrea et lui-même, n'avaient pas le droit de parler aux clients. Le four à bois était en plein milieu du restaurant et pourtant, il était strictement interdit de leur adresser un seul mot. En revanche, ils pouvaient et ils étaient même encouragés à parler entre eux en italien. Cette consigne les rendait un peu honteux et quelque part, il fallait bien l'admettre, assez fiers. Ils étaient comme des marionnettes, ils étaient là pour faire le spectacle en italien, et ça, en un sens, c'était ignoble, c'était une humiliation, et en même temps, ça voulait dire qu'ils représentaient quelque chose, qu'ils faisaient partie du décor. Au début, Angelo trouvait cette règle formidable parce que ça lui donnait le sentiment qu'il jouait un rôle important, imaginé pour lui : il était là pour divertir les clients et ça lui tenait à cœur. Après tout, c'était un travail comme un autre. En tout cas, ça n'était pas rien. Mais le jour où une dame sympathique s'est approchée du four à bois et lui a glissé, devant tout le monde, quelques mots qui sentaient bon le compliment, et même l'enthousiasme, il a eu l'air de quoi ? Il n'a pas tout compris et il n'avait pas le droit de lui parler, Natalia l'avait dit et redit, il a donc été obligé de lui répondre avec de grands gestes pour la renvoyer vers les serveurs, et là, vraiment, il s'est senti complètement ridicule et il s'en est voulu d'avoir respecté, d'avoir chéri cette règle.

Ada rendait régulièrement visite à Angelo depuis qu'il l'avait quittée des années auparavant. Elle lui donnait des nouvelles de Rome, en forçant un peu les rugosités et les jaillissements de son accent, elle lui apportait des cadeaux – une *moka* toute neuve, un demi-kilo de pecorino, parfois une nouvelle montre achetée à un vendeur ambulant dans la rue pour remplacer la précédente, déjà défectueuse –, elle voulait surtout lui tenir compagnie car elle sentait qu'il s'éloignait de plus en plus. Non pas volontairement mais par la force des choses : tout ce qu'elle s'était imaginé de leur relation future lorsqu'elle était plus jeune – une complicité indéfectible, des amitiés communes, le désir renouvelé de se confier l'un à l'autre, le besoin presque physique d'être dans la même pièce, l'intimité d'un frère et d'une sœur –, avec le temps, elle savait que tout cela n'avait été qu'un trompe-l'œil de l'enfance. À l'occasion de promenades interminables dans les quartiers qui s'étendent au sud de la Tamise, lorsque la conversation se tarissait, Angelo et Ada marchaient côte à côte, les yeux rivés au sol, parfois bras dessus, bras dessous. Ada regardait de temps à autre son frère du coin de l'œil et hésitait à dire quelque chose. Il était profondément perdu dans ses pensées et cela ressemblait à de l'effroi, quand il écarquillait les yeux et détournait la tête. Finalement, elle se retenait et attendait un moment plus propice pour lui poser une question et assouvir cette curiosité qui la travaillait et la tenait en même temps près de lui.

Un dimanche matin, dans les environs de Greenwich, ils étaient tombés sur un marché de livres d'occasion, installé dans la cour d'une ancienne ferme, où le soleil grimpait sur les toits rouges. Les livres de poche étaient empilés au hasard sur des tables en bois, des chaises de fortune et même par terre, et il était quasiment impossible de distinguer les visiteurs des vendeurs, qui se mélangeaient, se saluaient et discutaient immédiatement de l'incendie du Red Castle, le sujet qui occupait alors tous les esprits dans le sud-est de Londres. Il était moins question des morts, des survivants, de la dévastation d'un immeuble vétuste, de la tragédie elle-même que du spectacle qu'elle avait déclenché dans tout le quartier pendant vingt-quatre heures. En entendant les témoignages des uns et des autres, on pouvait croire que chacun avait, à un moment précis, cessé toute autre activité pour se trouver un poste d'observation et contempler, ébahi, le cours de la destruction. On pouvait croire que tout le monde avait été pris d'une envie furieuse de voir le feu se déchaîner et tout emporter sur son passage, que tout le monde était entré en transe, les yeux révulsés, le dos et les cuisses trempés de sueur, la tête agitée de cauchemars, que tout le monde en était sorti épuisé et avait mis plusieurs jours à s'en remettre. Chacun en parlait désormais comme s'il avait été là, aux premières loges, et n'avait d'autre choix que de décrire le malheur dans ses moindres détails, pour se défaire de la douleur ou du remords.

Ada étudiait les titres des livres avec attention, sans perdre Angelo de vue. Même s'il ne faisait rien de particulier et se tenait en retrait de l'animation, il semblait un peu plus à son aise que d'habitude. Il souriait aux enfants qui se couraient après et il observait le toit délabré de la vieille ferme, dont les tuiles s'effritaient et formaient des volutes de poussière dorée à chaque coup de vent. Son visage avait changé d'expression dès qu'il avait aperçu un faucon, qui tournoyait étrangement près de sa tête. Puis un vieil homme particulièrement affable lui avait demandé s'il avait, lui aussi, été témoin de l'incendie. Angelo semblait irrité par cette question : il l'avait peut-être mal comprise. Le vieil homme l'avait regardé en attendant sa réponse mais Angelo avait les yeux fixés sur le faucon au-dessus d'eux et il n'avait rien dit. Ada l'avait rejoint et ils s'étaient assis sur un banc pour boire un thé vert dans un angle de la cour où un couple tenait un petit stand de boissons chaudes. Qu'elle est belle, cette ferme, avait-elle dit, avant d'entamer un monologue sur le charme des maisons basses de Londres.

Ce n'est qu'en lui écrivant, des semaines plus tard, qu'Angelo avait admis le trouble qui s'était alors emparé de lui et l'avait empêché de prêter attention à ce qu'elle disait. Il ne l'avait pas écoutée car il était de plus en plus absorbé par une suite de pensées qui le ramenaient à Rome, au défilé des voitures qui fuyaient le centre-ville en direction du midi, amplifiant le vacarme et la chaleur, ralentissant parfois pour disparaître dans un virage et se retirer dans les rues roses, sinueuses, trop calmes et déjà décrépites de Garbatella. Se rappelait-elle comme lui ces crépuscules d'été où ils couraient voir les incendies qui avaient éclaté dans les environs ? Revoyait-elle ces immeubles mangés par les flammes, le souffle terrible qui éclatait les fenêtres les unes après les autres, les coulées de larmes rouges qui remodelaient en une nuit le visage affligé du quartier, avait-elle chassé ces ravages de son esprit ou se tenait-elle parfois à nouveau sur le seuil des façades éventrées, tout près, aussi près que possible, un pied dedans, pour voir ce qui pouvait encore y remuer ?

Cette foule de souvenirs, surgissant de façon incontrôlable, avait rappelé à Angelo qu'il évitait depuis des années de songer à sa vie à Rome, comme si le passé n'avait plus de consistance, comme s'il se détachait de lui, fumée blanche puis rouge puis tourbillon noir dans le ciel, qui se dissipe et s'éclaircit à peine, lentement, et traîne sa poussière grise au-dessus des villes énormes. Cette fascination d'enfant pour le feu n'était pas plus digne, seulement plus obscure, que celle de ces inconnus encore échaudés par le drame du Red Castle, et non seulement Angelo n'était pas parvenu à penser à autre chose mais il savait qu'il le faisait pour ne pas écouter, pour ne pas entendre les paroles d'Ada, qui avait cessé de parler de fenêtres à guillotine et de briques d'argile et dérivé vers le sujet si rare, si souvent et bêtement esquivé, de l'atelier à bicyclettes de leur père, ce lieu sacré, tacitement interdit au reste de la famille, cette banale pièce de cinq mètres sur quatre où ce dernier avait trouvé la mort.

Ada laissait une enveloppe vide à Angelo quasiment à chaque fois qu'elle venait le voir. Il lui écrivait alors une lettre pour lui dire tout ce qu'il n'arrivait pas à lui dire *de visu*, et qui paraissait toujours fade, exagéré ou imprécis quand il le communiquait par e-mail. C'était devenu un jeu. Pour que les enveloppes soient reconnaissables, Ada leur apposait systématiquement un timbre qui représentait un paon aux plumes noires. Elle recevait en général les lettres d'Angelo dix jours après son départ de Londres mais ne lui avait presque jamais répondu par écrit, si ce n'est une ou deux fois. Sa manière de répondre était de revenir le voir et de déposer une nouvelle enveloppe sur la table basse qui barrait le couloir d'entrée de sa maison, et empêchait d'ouvrir complètement la porte lorsqu'on en sortait. Malgré mes questions, je n'ai pas pu savoir lors de cette conversation ce que ces lettres contenaient d'autre – un compte rendu anodin du quotidien d'Angelo, d'autres souvenirs enfouis dans la clarté de l'enfance, ou des signes d'affection exprimés en peu de mots ? –, mais il était évident qu'elles scellaient un lien très fort entre Ada et son frère.

L'aube arrivait, c'était le moment pour moi de sortir car je savais que je ne pourrais ni trouver le sommeil ni garder mon calme en restant enfermé. Ada a décliné mon invitation à se joindre à ma promenade et expliqué qu'elle avait besoin de se reposer. Elle me regardait différemment à présent, presque avec bienveillance. Tu me rappelles mon père, a-t-elle dit, je ne sais exactement pourquoi, peut-être parce que tu n'as pas l'air de vouloir parler. Quand il se rasait, dans mon enfance, il était incapable de se maîtriser. Il faisait un tel effort pour tenir son corps immobile au moment où la lame frôlait sa peau qu'après deux coups de rasoir, il ne tenait plus et se mettait à danser comme un possédé au milieu du salon. Ma mère me disait toujours qu'il le faisait exprès, pour nous effrayer, mais je n'ai jamais réussi à la croire. Je n'ai pas l'habitude d'accueillir des gens ici, encore moins des étrangers : ça m'intimide.

Ensuite, Ada a aménagé un coin de la pièce, éclairé par la seule lampe à abat-jour orange, en chambre à coucher. Elle s'est penchée en avant pour étendre une grande courtepointe aux couleurs rouges, mauves, orange et vertes, traversée de coutures jaunes apparentes, sur un petit divan en soie bleu foncé. Ce dernier était contre le mur, dans l'angle de la pièce, et sa longueur réduite, d'un mètre cinquante tout au plus, l'obligeait probablement à se recroqueviller, les genoux repliés contre la poitrine, la tête rentrée, lorsqu'elle s'y allongeait sur un côté. Elle est partie chercher une couverture en laine et son corps fluet, au buste étriqué, réduit encore par la longueur apparente de ses bras et de ses jambes, avançait difficilement. Elle marchait en boitant, obligée de faire un effort particulier à chaque pas pour plier le genou, soulever sa jambe droite comme un poids mort et la ramener à hauteur de sa jambe gauche. En revenant dans la pièce, elle s'est assurée que les rideaux étaient bien tirés, elle a installé devant le divan un paravent en velours, brodé d'une branche sans feuilles sur laquelle se tient un drôle de corbeau, le bec incliné vers le bas, et elle a éteint la petite lampe de chevet. Enfin, elle s'est enveloppée de la tête aux pieds dans la couverture en laine et elle a disparu derrière le paravent, me laissant seul dans le noir. Je suis sorti, après avoir un peu forcé la porte pour qu'elle s'ouvre suffisamment, et dès que j'ai commencé à marcher dans la rue, au moment où le soleil brisait l'opacité de la nuit, en barrant le ciel de traînées roses, rouges et ambrées, je me suis tout de suite senti mieux. Mon cerveau n'était plus aussi encombré, en marchant, je m'ouvrais aux rues sereines de Pigneto, je me laissais envahir par une légèreté tout à fait inédite pour moi, qui tenait à peu de choses, au regard espiègle d'un garçon, aux premières lueurs dans mon cou, à ces quatre amies qui jouaient aux cartes avec un grand sérieux dès sept heures du matin, attablées à la terrasse d'un café, et sur le chemin du retour, sans plus penser un seul instant à la nuit que je venais de passer, je profitais du calme inouï qui serpentait devant moi.

*

Dans les semaines qui ont suivi, quand je n'errais pas dans l'appartement, je restais le plus souvent assis dans ma chambre. Je me balançais doucement dans un fauteuil à bascule, je me penchais en arrière pour scruter les taches blanches qui ondoyaient à la surface du plafond, les lignes noires de crasse, le faible mouvement des ombres arrivées par la petite fenêtre rectangulaire, avant de m'endormir et de rêver. Parfois, le silence environnant m'effrayait, surtout quand il était rompu par un bruit à peine perceptible, que je n'arrivais pas à identifier, qui pouvait venir des voisins, des patins de mon fauteuil, de l'intérieur même de mon corps, et en attendant qu'il revienne, mes yeux couraient sur les murs et je ne bougeais plus. Je sondais aussi les profondeurs d'Internet, couché sur mon lit, à la recherche d'informations sur les monuments illustres de Rome, le dédale de collines et de voies anciennes, les rues aux noms baroques, les dômes et les parcs à demi oubliés, et cette ville m'apparaissait alors comme un lieu imaginaire inscrit sur la carte de mes propres fantasmes. Une excitation particulière montait en moi et je voulais la confier à quelqu'un, la laisser déborder aussi vite que possible, mais ce désir pouvait diminuer tout aussi rapidement car je ne savais pas comment m'y prendre. Je n'aurais pas su par où commencer, surtout avec une personne que je connaissais si peu, surtout avec Ada. Je finissais par me lever, je faisais quelques pas jusqu'à la petite fenêtre et j'observais dans l'immeuble d'en face, par une embrasure, un corps allongé sur le ventre, qui battait des pieds, une couverture de velours bleu qui domptait toute la largeur d'un lit et une tête immobile entourée d'un halo de lumières changeantes, qui luttaient contre l'obscurité de la chambre et devenaient, aux instants dramatiques d'un film en noir et blanc, des éclairs aveuglants lancés à toute vitesse par un écran de télévision à moitié fou.

Ces heures où je divaguais me transportaient dans une sorte d'hypnose qui exaltait ma fatigue et troublait en même temps mon sommeil. C'est donc avec sidération que j'ai vu apparaître au-dessus de mon épaule droite, à nouveau au milieu de la nuit, alors que je lapais de l'eau directement au robinet de la cuisine, les joues creuses d'Ada. Elle m'a souri puis est allée s'asseoir dans le même fauteuil que lors de notre première entrevue. Elle n'a pas eu besoin d'ouvrir la bouche pour que je vienne m'asseoir en face d'elle. Nous avons ainsi repris notre conversation à peu près là où nous l'avions interrompue, tels des somnambules portés par le même flot de paroles. Ada parlait de son enfance tantôt comme d'un tapis moelleux, tantôt comme d'une tache qui ne s'efface pas. Un jour, sa mère, Patti, avait décidé de montrer à Angelo et à elle-même ce qu'elle avait à la place de la jambe gauche. Jusqu'alors, Ada n'avait jamais envisagé que la prothèse de sa mère pût être autre chose qu'un organe inséparable du reste de son corps. Si bien que lorsqu'elle l'avait vue déboîter cette jambe de fortune en un tournemain et la poser contre le mur de la cuisine comme un parapluie, elle avait lâché un cri. Angelo, à ses côtés, s'était prudemment approché de l'objet inédit, comme s'il avait affaire à un dangereux reptile. Ne vous inquiétez pas, avait dit Patti en caressant les cheveux de sa fille. Cette jambe est mon porte-bonheur. Elle m'aide à marcher. Votre père, lui, n'entend pas grand-chose et ce n'est pas très grave non plus. Quelques heures plus tard, Ada avait surpris son frère tentant de dévisser sa propre jambe mais dès qu'il s'était aperçu de sa présence, il avait arrêté pour recommencer dans une autre pièce où il se croyait à nouveau soustrait aux regards.

Ada avait alors huit ans et Angelo en avait six. Ils allaient tous les deux à la même école, dans le quartier de Garbatella où ils étaient nés. C'était un bâtiment fasciste impressionnant, qui dominait une grande place carrée. Sa façade massive, d'une triste symétrie, était disposée autour de quatre arches, qui semblaient toujours cacher quelque chose. L'école s'élevait si haut que pour n'importe quel enfant son sommet se confondait avec le ciel. Elle vous ôtait les mots de la bouche, implacable, par sa seule présence. Au-dessus des quatre arches reposaient quatre aigles terribles. À chaque fois qu'Ada levait les yeux sur eux, elle voyait leurs têtes immobiles, de profil, et celui qui était le plus à droite avait un œil froid qui ne cessait de remuer.

En classe, ce poids et cet accablement s'estompaient. La maîtresse, Elena, avait une grande tendresse pour ses élèves et ils la lui rendaient bien. Elle aimait leur conter des histoires et ils prenaient plaisir à l'écouter. Seul Angelo, dont la classe était souvent mélangée à celle d'Ada, semblait distrait et peu concerné par ce qu'il entendait. Ada avait été particulièrement marquée par le récit de l'épidémie furieuse ayant frappé la ville d'Umbra, une ancienne cité des Pouilles, au tout début du XXe siècle. La maîtresse Elena avait demandé aux élèves de s'asseoir en demi-cercle autour d'elle et dès l'entame de son histoire, elle avait parlé gravement, les bras grands ouverts, en toisant les bambins de son regard enfiévré. Selon la légende, Umbra avait été plongée dans les ténèbres et coupée du reste du monde pendant près de trois jours. Ses habitants avaient presque tous perdu leur visage dans ce laps de temps. La stupeur s'était emparée de la ville et un exilé du nom de Kreis, ignorant tout de la situation, y était alors revenu dans l'espoir de renouer avec sa famille. Il n'avait pas perdu son visage comme les autres, mais sa vue s'était brouillée au fil des heures et quand la lumière était revenue dans Umbra, il s'était aperçu qu'il ne savait plus s'y orienter. Il ne reconnaissait plus ses rues, ni le Sild, le fleuve qui coupait la ville en deux, ni le Magasin Monumental, une immense galerie qui trônait au cœur de la ville, ni même le parc d'Antumbra, où il jouait beaucoup enfant. Il ne savait pas non plus comment retrouver les siens puisque tous les habitants, désormais, avaient le visage déformé. Il avait continué à chercher jusqu'au jour où il avait cru reconnaître, en voyant une cicatrice au-dessus de sa clavicule, une amie d'enfance assise sur un banc public aux côtés d'un homme bâti comme un danseur. Il les avait attentivement observés et même si cela lui paraissait incroyable, il voyait qu'une communication s'amorçait entre eux. Leurs mains s'étaient lentement rapprochées, leurs épaules s'étaient tournées face à face, leurs jambes s'étaient entrelacées, et pour finir, ils s'étaient embrassés. Tout de suite après, un voile de chagrin avait recouvert le visage de Kreis. Il avait compris que l'intrus dans cette ville, c'était lui. Comme si le fléau qui s'était abattu sur Umbra avait amorcé un récit dont il était exclu, comme si, à l'inverse de ce qu'il avait cru, tous ces êtres sans visage avaient construit un langage commun qu'il ne pourrait pas apprendre, comme s'il était parti trop longtemps et était simplement devenu un étranger chez lui. Près de sombrer dans la folie, il avait alors décidé de quitter Umbra et de ne jamais revenir.

Dans le souvenir d'Ada, Angelo avait eu une réaction inattendue. Les jours suivants, il s'était mis à parler sans arrêt, aussi bien à l'école qu'à la maison, et quand il croisait un inconnu dans la rue, il s'enquérait de sa santé et lui posait toutes sortes de questions incongrues sur ses relations, son travail, ses origines et ses opinions politiques. Il répétait à l'envi l'histoire d'Umbra et il avait même improvisé une visite dans l'atelier à bicyclettes de son père, Sandro, pour la lui raconter. Sandro passait la plupart de ses journées seul dans cette loge de vingt mètres carrés et quand il en ressortait, les mains et la nuque noires de graisse, il était assommé par le manque d'air frais, la fatigue, le volume effarant des morceaux émis par son transistor et la demi-bouteille d'amaretto, consommée avec méthode, gobelet après gobelet, à partir de seize heures chaque jour. Angelo avait débarqué sans songer un instant que son père n'aimait pas être dérangé et c'est finalement ce dernier qui avait été tout étonné de le voir entrer sans la moindre gêne, comme s'il connaissait le lieu par cœur. En hâte, Sandro avait fermé la porte derrière lui, et voyant son fils surexcité, il avait coupé le son du transistor et s'était assis sur un tabouret, tout près de lui, en lui demandant où était Ada. Angelo n'avait pas de temps à perdre et s'était immédiatement lancé dans son récit. Sandro écoutait avec un amusement qui tournait parfois à la frayeur, lorsqu'il voyait sur le visage de son fils des expressions qu'il ne lui connaissait pas. C'est une très belle histoire, avait-il dit, mais il faut se méfier des fantaisies. Elles peuvent rendre fou, ou très triste. Si Kreis n'avait jamais quitté sa ville, que serait-il arrivé, d'après toi ?

Angelo avait continué pendant des semaines, avec la même fougue, à interpeller les inconnus et à débiter son histoire. Comme il était encore un enfant, son attitude faisait sensation et ses parents avaient fini par s'inquiéter. Un soir, Sandro avait voulu rappeler son fils à l'ordre mais comme souvent quand il tentait d'assener son point de vue, personne ne l'avait pris au sérieux. Patti venait de passer deux heures dans la cuisine à préparer des *rigatoni con la pajata*, un plat traditionnel de Rome, pendant qu'Angelo, intenable, tournait dans l'appartement et s'arrêtait quelquefois pour l'observer. Elle avait commencé par rincer à l'eau et dépouiller un intestin de veau de lait encore empli d'un suc visqueux. Puis elle l'avait découpé grossièrement en morceaux de vingt centimètres, à l'aide d'un couteau de cuisine dont la tranche recourbée formait une pointe menaçante, et elle avait lié les extrémités de chaque morceau avec du fil blanc pour en faire des anneaux et des spirales. Angelo tournait encore en rond, discutait avec un ami imaginaire et lâchait par saccades des phrases insensées qu'il croyait inventer. Au moment où Patti jetait le veau dans un bain d'huile d'olive et de vin blanc, avec des oignons émincés, de l'ail, du céleri, du persil et des rondelles de carottes, Sandro était entré discrètement, avait longé le mur qui séparait la cuisine de sa chambre à coucher et avait disparu. Déjà irritée, au-dessus des joues, par les pelures d'oignon, la chaleur et l'odeur de l'intestin qui brunissait, Patti émiettait un piment rouge desséché entre ses doigts quand Angelo était venu se placer dans son dos, récitant une fois de plus pour lui-même, comme s'il priait, la légende d'Umbra. Les graines du piment, couleur jaune soufre, cédaient sous la pression et se répandaient sur la planche de bois en sillons de piécettes dorées. Elle allait peut-être demander à Angelo de se taire, ou de la laisser tranquille, mais elle avait eu le réflexe malheureux de frotter la cornée de son œil droit avec le bout de son pouce : son visage s'était enflammé, elle avait dû fermer ses yeux gonflés de larmes, et quand elle les avait rouverts, Angelo, sur la pointe des pieds, sa tête dépassant à peine la hauteur de la cuisinière, avait le regard plongé dans la casserole, fasciné par la consistance crémeuse que prenait le suc de l'intestin et les petites bulles qui éclataient par centaines sur le pourtour écaillé de chaque anneau. Angelo, avait dit Patti avec prudence, pourquoi ris-tu ? Il n'avait pas répondu et elle ne savait pas s'il faisait semblant ou s'il riait vraiment. Elle avait pris un saladier rempli à ras bord de sauce tomate rouge sang, l'avait renversé sur le mélange en forçant Angelo à se pousser, avait baissé le feu et avait placé un couvercle sur la casserole. Puis elle avait vu les yeux également rouges d'Angelo. Quelle drôle d'odeur, avait-il dit avec un sourire malicieux. Hein, maman ?

Quand chacun avait entamé son assiette, la nuit tombait et il faisait encore chaud. Les fenêtres grandes ouvertes laissaient entendre les vivats et les applaudissements des derniers enfants qui jouaient encore au football et à la marelle au pied des immeubles, dédaignant les appels de leurs parents à venir dîner. Angelo racontait qu'il avait vu un homme aux cheveux très longs perché sur une bicyclette bizarre dans la rue, qui avait des grosses lunettes rondes et chantait. Il s'apprêtait à en dire plus mais il avait été interrompu par son père, qui parlait encore trop fort, sans articuler, et lui avait rappelé de faire attention aux fantaisies. Souvent, ceux qui les racontent ne savent pas de quoi ils parlent, avait-il dit. Tu fais peur à tout le monde avec tes histoires qui n'existent ni au ciel ni sur cette terre. Imagine, Angelo, que tout cela soit vrai. Ada avait voulu intervenir mais elle avait senti la jambe de sa mère faire pression contre son tibia. Le métal lui glaçait la peau et elle s'était retenue. Angelo restait muet et regardait fixement son père dans les yeux. Allez, mange, avait dit Patti. Angelo s'était tourné vers sa sœur et ils avaient éclaté de rire d'un coup, sous le regard désabusé de leurs parents. Il avait ensuite ramassé son couteau et avait peiné à sectionner un bout d'intestin particulièrement rugueux. Il avait essayé plusieurs fois mais la tranche du couteau glissait sous la pression de son index. Son père, tête baissée, ne s'intéressait plus à lui et s'enfonçait déjà des bouchées énormes de *rigatoni* entre les dents. Patti faisait mine de manger à son tour mais surveillait tout du coin de l'œil. Un soir comme les autres, on aurait seulement entendu le cliquetis des couverts et les mastications. Ce soir-là, on entendait les pieds tapoter le sol, les doigts triturer les extrémités de la nappe et le bruit sourd des verres brutalement reposés sur la table. Angelo essayait de manger avec application mais son couteau ne tranchait toujours pas. Derrière Sandro, sur la planche en bois posée en travers de l'évier, étincelait le couteau de cuisine utilisé par Patti un peu plus tôt. Après une nouvelle tentative infructueuse pour couper son intestin de veau, Angelo y avait lancé un regard discret, dans le dos de son père. Puis il avait bondi de sa chaise, avait attrapé le couteau – qui semblait plus long que son bras lorsqu'il l'avait en main –, et l'avait planté d'un coup dans son assiette. Le choc avait fait gicler la sauce tomate sur la nappe jaune et l'éclat de rire d'une petite fille était parti du pied de l'immeuble en même temps. Angelo, tout sourire, n'avait pu s'empêcher ensuite de brandir le couteau : une torsade d'intestin blanche, ruisselante de sauce tomate et de grosses gouttes d'huile d'olive, pendait de sa pointe. Ada avait réprimé un autre rire et Angelo s'était mis à jouer avec le couteau comme avec un yoyo. Tandis qu'il l'agitait et le retournait sur lui-même, les nœuds les plus gélatineux du ruban de veau tremblotaient de haut en bas. Passé la stupéfaction, Sandro s'était levé, avait essayé d'arracher le couteau, avait bredouillé puis crié quelques mots et avait fini par se calfeutrer dans sa chambre. Il était revenu tout de suite après comme s'il devait absolument dire quelque chose mais au pire moment, quand personne ne lui prêtait plus attention. En déséquilibre sur sa chaise, Patti avait tendu le bras pour se saisir du poignet d'Angelo mais elle était tombée à la renverse, son genou avait heurté la table et elle avait entraîné une carafe d'eau dans sa chute. Revenant à lui, Angelo avait lâché le couteau et quitté l'appartement sur-le-champ. Autour d'Ada, égarée au milieu de la cuisine, il restait alors l'air lourd de Rome, Patti qui se relevait à la force de ses bras, les cheveux gris s'échappant de la casquette de Sandro, qui repartait vers son atelier pour la nuit, une photographie d'Angelo et elle-même côte à côte, posée sur une commode, les *rigatoni* qui durcissaient dans les assiettes encore pleines, le ruban de veau enroulé au pied d'une chaise, des pétales de sauce tomate dispersés tout autour, la lame du couteau prise dans une flaque d'eau, des bris de verre gribouillés sur le carrelage, les portes des chambres toujours fermées, le silence qui ne cesserait de grandir entre les murs de l'appartement, et surtout, le rire de la petite fille en bas de l'immeuble, qui recommençait.

*

Après cela, Ada s'est tue pendant un long moment. Puis elle s'est assoupie, la tête tombée, cheveux épars sur l'avant-bras. La pointe de ses pieds se courbait vers l'intérieur quand elle a tressailli et s'est redressée d'un coup. Son corps s'est contracté, les mains collées aux bras du fauteuil, le buste enfoncé, comme si elle avait inspiré profondément et peinait à expirer. Ensuite, elle m'a regardé. J'ai pensé que ça n'allait pas durer mais elle a continué à me regarder. À mon tour, je m'enfonçais dans mon siège. À mon tour, je l'ai regardée. Discrètement. Je ne pouvais pas vraiment me cacher, évidemment, car j'étais en face d'elle et cela aurait paru ridicule. Au début, j'étais mal à l'aise mais je me suis habitué à ce regard lancinant, de plus en plus proche. Elle plongeait, creusait, venait puiser quelque chose en moi, qui aiguisait sa concentration, la faisait sourire. Je voyais ses cils effleurer les miens. Elle me grignotait des yeux. J'ai été distrait, une seconde à peine, par un léger mouvement dans son dos : on venait d'ouvrir des volets dans l'immeuble de l'autre côté de la rue. Sans rien dire, comme deux animaux à l'affût, nous nous sommes observés. Je me suis demandé pourquoi elle me confiait des épisodes aussi intimes de sa vie et pourquoi elle avait besoin de moi chez elle. J'aurais voulu lui poser la question mais c'était difficile à exprimer et je ne disais rien. Quand elle s'est finalement levée, j'étais déjà debout, j'avais déjà reculé de plusieurs pas, j'étais déjà à l'entrée de ma chambre, j'allais refermer la porte, m'enfermer pour de bon, je ne pouvais plus soutenir son regard de prédateur, et pourtant, à partir de là, à partir du moment où nous nous sommes déplacés l'un après l'autre, quelque chose entre nous s'est atténué, il n'y avait plus de sentiment obscur venu de ce que l'on tait, de ce que l'on garde trop longtemps pour soi, il y avait seulement cette femme interdite par tout ce qu'elle m'avait raconté, qui me touchait le poignet du bout des doigts, se tenait prête à éteindre l'interrupteur de l'autre main, et m'invitait, d'un fragile coup d'œil, à dormir.

*

J'ai arraché un cri de surprise à Ada quelques nuits plus tard lorsqu'elle est entrée dans l'appartement, s'est avancée dans le salon en tâtonnant dans le noir et avant d'atteindre la lampe à abat-jour orange, a heurté mon bras ballant avec son genou. J'avais installé mon fauteuil à bascule face à la baie vitrée, curieux de savoir ce qui se tramait dans la rue et aux fenêtres alentour, avant de décliner avec le jour dans des songes envahis de traques où j'entendais mes poursuivants chuchoter mon nom. Les passants défilaient particulièrement vite ce soir-là, ils pressaient le pas, se rattrapaient et se dépassaient les uns les autres, comme s'ils avaient un message urgent à partager ou une destination commune à atteindre, quelque part au bout de la rue où j'apercevais, en me penchant un peu, des bandes de gamins affalés sur des scooters, de gros camions avançant au compte-goutte sur une avenue plus large et encore plus loin et plus haut un dirigeable bleu, immobile dans le ciel foncé. Il y avait un supermarché à l'angle de la rue, à quelques dizaines de mètres à gauche de l'immeuble face à moi et durant ces heures passées à attendre en guettant, j'avais prêté une attention particulière à un mendiant à genoux sur le trottoir, tout près de la sortie. Il répondait à peine aux marques de soutien et s'attelait surtout à préserver cette posture d'abandon. À côté de lui, un vendeur à la sauvette avait apparemment disposé par terre une ribambelle de montres et de films piratés et il entreprenait tous les clients du supermarché avec une énergie débordante pour tenter de leur fourguer un briquet ou le poster d'une célébrité. La rue se renversait dans son ombre quand une toute petite femme habillée de blanc, avançant à pas timides, était apparue. Elle avait donné une pièce au mendiant, avait acheté une sorte de bracelet étincelant à son voisin, avait discuté avec l'un, puis avec l'autre, puis avec les deux dans un conciliabule étonnant conclu par la dispersion des trois. J'avais ensuite suivi du regard le trajet de cette dame visiblement âgée, le dos voûté par la cyphose, jusqu'à la porte de l'immeuble d'en face. En voyant la lumière s'allumer au troisième étage à peine quelques minutes plus tard, alors que je m'endormais ou rêvais déjà que je dormais, j'avais reconnu la même silhouette courbée aperçue la toute première nuit de mon séjour à Pigneto, qui tremblait à nouveau dans la transparence des rideaux.

Je suis peu à peu sorti de ma léthargie en écoutant Ada me décrire l'espèce d'indifférence qui s'était installée au sein de sa famille, tenant chacun à distance des autres. Sandro travaillait de plus en plus, jusqu'à treize heures par jour dans son atelier, et seule Lou Tamma venait parfois le distraire à des heures inhabituelles, pour boire quelques bières avec lui, lui raconter ses histoires et lui soutirer, plus rarement, quelques carcasses de vélos. Lou Tamma était connue à Garbatella parce qu'elle avait travaillé aux bains publics mais surtout parce que son élégance et sa façon de parler ne passaient jamais inaperçues. Elle posait doucement sa main sur votre épaule en susurrant ses phrases, ce qui lui donnait une sorte de pouvoir sensuel. Elle parlait d'une voix basse, vers l'intérieur, en marquant de longues pauses entre les mots ou entre des grappes de mots, comme si elle avalait chacune de ses paroles et devait ensuite les laisser descendre dans tout son corps avant de poursuivre. Il suffisait de l'écouter une minute, à peine, pour sentir l'effet envoûtant de cette voix et se tenir devant elle en silence. Ses apparitions dans le quartier étaient à coup sûr une des attractions principales de la journée pour les petits vieux qui restaient assis sur les bancs publics sous l'œil avisé d'Ada, cigarette en bouche, casquette sur la tête, les deux mains solidement accrochées à la pomme de leur canne, et qui se demandaient, en ricanant derrière leurs lunettes de soleil, comment Lou Tamma avait atterri ici et quels secrets elle gardait pour elle. Elle parlait italien avec l'accent grossier d'une étrangère qui ne sait pas rouler les *r*. Elle était très polie, formelle même, et sa manière de saluer, d'un bref hochement de tête qui rééquilibrait tout son corps, leur semblait d'un autre monde, plus éloigné encore de Rome. Ils s'imaginaient plusieurs versions de son passé à tour de rôle, ajoutaient ou corrigeaient les détails au fil des jours, et finissaient par croire à un mélange invraisemblable de présomptions et de mensonges.

Ada, elle, savait ce que ses parents savaient. De ces confessions venait probablement le sentiment que Lou était sinon un membre de la famille, du moins une ombre tutélaire qui veillait sur eux et qu'ils protégeaient en retour de la curiosité malsaine qui la transformait en bête de foire et alimentait tous les bavardages. Ainsi, les Boetti savaient que Lou Tamma était anglaise par sa mère et avait passé les quinze premières années de sa vie dans une communauté de tisserands et de tapissiers venus de toute l'Europe, qui vivaient et travaillaient sous le même toit bleu aux alentours de Londres, dans une grange aussi énorme que la piazza Navona. Elle s'y était initiée au dessin et y avait appris les bribes de cinq ou six langues. Elle y avait perdu les deux doigts de sa main gauche dans le rouleau d'un métier à tisser tournant à pleine vitesse. Et puis, elle avait pris prétexte de cet accident pour partir, vagabonder sur toutes les routes d'Europe et jusqu'à Izmir.

Avant d'arriver en Italie à vingt ans, au début des années 1950, elle avait travaillé comme cuisinière dans un domaine provincial entre Arles et Avignon, au sein d'une famille extrêmement pieuse dont le quotidien était régi par la prière, la dévotion aux tâches ménagères et l'interdiction de s'asseoir, au point que Lou avait pris l'habitude, comme ses employeurs et leurs trois filles, de manger en marchant, d'arpenter les couloirs du château en permanence et de faire la sieste debout contre les cheminées.

À Turin, elle avait rôdé quelques années dans le quartier du marché aux puces, vivant de vols à l'étalage et de bonneteau. Elle avait fait plusieurs séjours en prison, où elle passait le temps en couvrant les murs de sa cellule de codes et d'alphabets inversés, quand elle n'était pas paralysée par la terreur de l'enfermement, l'opacité qui gagnait ses moyens d'expression et son imaginaire, et les plaintes qui résonnaient sans relâche dans les longs couloirs humides. Avec un ressort de son sommier, elle dessinait le profil de ses compagnes de cellule, d'amis perdus de vue et même de la jeune fille qu'elle avait été, pour chasser de son esprit le découragement et l'oubli.

Elle avait été embauchée aux bains publics de Garbatella pour repeindre en turquoise les carreaux de faïence au fond de la piscine et les canalisations qui passaient au-dessus des douches. On lui avait ensuite confié le poste de concierge car elle avait une qualité indispensable pour cela : elle savait fermer les yeux. Quand des amants clandestins se faufilaient dans la même cabine de douche, elle gardait la tête baissée et faisait mine de remplir les cases du loto, et lorsque ses collègues y jetaient un sale petit regard, elle crapotait des ronds de fumée, les yeux rivés au plafond. Cet art de la discrétion, elle l'avait appris, à Turin bien sûr mais aussi en travaillant brièvement comme dame pipi en Autriche. Dame pipi à Klagenfurt. Oui, à Klagenfurt, en Autriche.

Dans le même temps, elle avait trouvé un appartement tout en haut de l'Albergo Bianco, un autre immeuble fasciste du quartier construit pour intimider, pareil à un rapace qui s'apprête à vous enserrer de ses ailes géantes. Elle y peignait des cercles et des U, des cris blancs et des silences gris, elle y grattait au couteau à palette des monstres hybrides, mi-humains, mi-animaux. À force de passion, de tact, et grâce au soutien de son jeune ami Stein, elle était devenue une artiste assidue, qui n'aimait pas se mettre en avant, qui n'aimait pas parler de ses œuvres, mais qui aimait travailler et qui, en réalité, pensait de moins en moins à autre chose, même quand elle poinçonnait les billets à l'entrée des bains publics.

Au milieu des années 1970, les petits vieux de Garbatella qui regardaient Lou Tamma s'affairer dans les rues du quartier, médusés, ignoraient la plupart de ces détails et s'en tenaient aux apparences. Les mains gantées de bleu, Lou récupérait des feuilles, cartouches et coulées d'encre chez l'imprimeur, des ficelles, éclats d'os et cartilages chez le boucher, des rubans, tissus ou mètres chez le tailleur, ou glanait des pièces détachées de voitures, de mobylettes et de bicyclettes dans l'arrière-cour des garages. Flanquée de Stein, qu'on prenait parfois pour sa fille parce qu'il marchait avec la même assurance, le dos tout droit et les épaules ouvertes, portait aussi du rouge et avait les mêmes longues mèches de cheveux auburn, blonds sur le dessus, qui lui tombaient jusqu'aux mollets, Lou scrutait les trottoirs avec une patience redoutable, comme dans une bulle, en faisant soudain abstraction des passants, avant de rentrer chez elle avec quelques objets triés sur le volet pour enrichir sa collection, y compris des mégots fourrés dans ses poches et des peignes subtilisés dans le salon de coiffure où Patti travaillait et attendait ses visites avec impatience. Le quotidien dans ce lieu très fréquenté était animé de rencontres insolites et de routines bien ancrées, de conversations sur la pluie qui vient et le temps qui passe, de confidences sur des inconnus qui vivaient là, tout près, dans l'immeuble ou la rue d'à côté, et qui mourraient aussi là, derrière quatre murs, loin des regards et dans un sommeil paisible. À la tombée de la nuit, le salon se transformait souvent en fumoir où les coiffeuses et leurs complices palabraient, assis en cercle à la place des clients, buvaient de la bière et reprenaient à tue-tête les chansons hurlées par la radio. Lou s'arrêtait parfois sur le pas de la porte pour dire bonjour et quand elle entrait, le salon entier se chargeait d'une électricité nouvelle, qui pouvait confiner à l'euphorie.

Patti retardait alors autant que possible son retour à la maison car elle aimait écouter Lou et lui parler. En sa présence, elle se sentait obligée de choisir soigneusement ses mots, et quand elle lui coupait les cheveux, sa concentration redoublait. Elle devenait plus cohérente, moins distraite, plus précise. Sans y parvenir tout à fait, elle voulait paraître aussi détachée, aussi modeste et prudente que son amie. Lou s'installait spontanément dans un siège, le dos tourné à Patti, et leurs regards glissaient en même temps sur le miroir face à elles. Elles voyaient ainsi une grande partie du salon derrière elles – les collègues de Patti déjà ivres qui se provoquaient, ciseaux en main et perruque sur la tête, menaçaient en riant de se tartiner les joues de paraffine ou s'amusaient avec le pschitt des bombes à laque, les collines de cheveux encore dispersés sur le carrelage vert, les faux portraits de divas et de comédiens accrochés aux murs, d'autres regards indiscrets renvoyés par des miroirs plus profonds, des regards attendris, parfois envieux, comme celui d'un garçon au désir contrarié, parfois simplement émerveillés –, et elles découpaient en même temps dans cette grande pièce un carré imaginaire, directement visible au premier plan du miroir, un espace pour elles, où la musique devenait un son ambiant qui les isolait encore plus de l'agitation. Lou disait alors quelque chose tout bas et Patti devait se pencher en avant pour l'entendre : elle se baissait, faisait mine d'étudier les tempes de Lou et collait son oreille tout près de ses joues, elle entendait sa voix brûlante et liquide, cette voix radiophonique aux inflexions de deuil, et au moment où derrière elles on se tirait à coups de sèche-cheveux de l'air chaud sur le visage, Lou s'arrêtait, regardait l'horloge au-dessus du miroir, regardait Patti, demandait pardon. Elle s'était égarée un instant. Et ensuite ? Elle recommençait à parler.

*

Jusqu'à ses treize ans, peut-être un peu plus, quand elle n'espionnait pas sa mère, Ada passait ses soirées et une grande partie de ses nuits chez des amis en tout genre à découvrir les plaisirs du travestissement, du maquillage et des jeux de rôles. À la même époque, Angelo restait prostré à la maison, enfermé dans la chambre qu'il était censé partager avec sa sœur, immobile sur une chaise pendant de longues heures, pour ce qu'Ada avait pu en entrevoir lorsqu'il oubliait de fermer la porte à clé et de boucher le trou de la serrure. Cela avait encore une fois désarçonné ses parents mais ils avaient été vaincus par la force de l'habitude, considérant que leur fils était né pour vivre peu ou vivre à part. Pour une raison qu'elle ne s'expliquait pas et qu'elle ne pouvait m'expliciter, Ada avait peu à peu changé d'attitude vis-à-vis d'Angelo. Les distances qu'elle gardait avaient cédé la place à une sorte de mimétisme qui lui était encore plus incompréhensible.

Au bout d'un certain temps, elle savait que si elle rentrait directement à la maison depuis l'école, en laissant quelques minutes d'avance à Angelo, elle le trouverait dans la même posture et frapperait à la porte, il se lèverait tel un automate, viendrait lui ouvrir et reprendrait sa place, elle s'assiérait ensuite sur une chaise près de lui et se tiendrait de la même manière, inerte, les épaules voûtées, les mains religieusement posées sur les cuisses, hébétée, éloignée dans des recoins de la pensée où la fatigue, les souvenirs d'épisodes apparemment lointains de l'enfance, la mémoire entière du jour qui vient de passer, l'impression de lenteur et de douceur mêlées que lui laissaient les rues du quartier sur la peau, dans sa transpiration même, dans la gorge et autour des yeux, le délabrement et la poussière ocre qui recouvrait les immeubles alentour, les persiennes vert bouteille presque toujours fermées – cachant des corps assoupis dans l'ombre bien au-delà des heures de la sieste –, les cordes à linge distendues entre deux façades écaillées, les nuées de perruches à collier qui fondaient sur les pins parasols, la tranquillité diffuse qui l'apaisait le plus souvent et lui arrachait parfois un cri de lassitude, les vrombissements soudains des motos qui fusaient dans la via Cristoforo Colombo toute proche ou les rares éclats de voix des voisins, le monastère étrange caché derrière un sérente, à l'autre bout de la rue, où le tintement irrégulier d'une cloche était le seul signe de vie, l'image beaucoup plus lointaine et tout à coup précieuse d'un paysage montagneux blanc et vert, d'une maison reculée dans les forêts de sapins, d'une cabine de téléphérique qui se balançait au gré du vent et montait tout doucement jusqu'aux sommets, de traces de sabots de chamois dans la neige, d'une promeneuse élégante, avec son bâton et ses bottes de laine, qui marchait sur ces pentes escarpées dans l'ombre de son manteau et semblait ne jamais vouloir s'arrêter, tout cela pourrait arriver, se mélanger et se suspendre dans la pièce, jusqu'à ce que des heures plus tard, le retour bruyant de Patti dans l'appartement ne vienne la tirer de sa torpeur.

*

C'est seulement vers l'âge de quinze ans, quand elle était arrivée à Margate, une ville côtière du sud-est de l'Angleterre, pour rejoindre sa famille d'accueil au milieu de l'hiver 1986, qu'Ada avait été obligée de rompre avec cette habitude. Enveloppée dans un long plaid marron, la tête baissée pour résister aux bourrasques, elle avait marché pendant une bonne demi-heure dans la grisaille et le froid, depuis la gare jusqu'à la maison des Modlin, en pensant à quel point la décision de ses parents de consacrer leurs économies à l'envoyer en séjour linguistique était absurde. Ce modeste cottage se trouvait dans une rue étroite le long de Dane Park – un jardin public élevé au-dessus des ruelles du cœur de la ville, au-dessus de la plage, de la jetée et des eaux glacées de la baie, en raison de l'existence ancienne d'un estuaire que les assauts furieux de la mer du Nord avaient formé des centaines de mètres plus loin que le rivage actuel, et qui au fil du temps s'était résorbé, laissant derrière lui des dépôts noirs de galets et de sable et des galeries souterraines désormais enfouies sous les pubs, les *fish and chips*, les friperies et les magasins de farces et attrapes. En voyant son toit de chaume délicatement découpé, ses lucarnes arrondies et les bouquets de fougères qui enlaçaient sa façade de leurs larges frondes, Ada avait eu l'intuition qu'elle se sentirait bien dans cette maison.

Robin, un garçon de son âge qui avait les épaules rentrées, les cheveux clairsemés mais le visage encore poupon, lui avait ouvert la porte. Il avait essayé de lui répéter une phrase de bienvenue apprise par cœur en italien et était tout de suite passé à un anglais beaucoup trop rapide dont Ada n'avait rien compris. Après avoir fait le tour du propriétaire à sa suite et posé son unique sac à dos vert dans sa nouvelle chambre, elle avait supposé que les parents de Robin étaient momentanément absents et qu'il avait peut-être voulu lui dire cela. Il l'avait alors subitement abandonnée pour s'acquitter d'une tâche sibylline dans le pan de jardin, étroit mais très long, qui s'étendait derrière la maison et ne sachant que faire, Ada s'était mise à explorer la maison une nouvelle fois, seule.

Alors qu'elle rêvassait dans la cuisine, Robin était revenu avec un panier de navets à la main, qu'il s'était hâté de faire bouillir, de réduire en purée et de lui servir. Il parlait beaucoup, mimait ce qu'il disait, debout sur sa chaise, tout en avalant de grandes cuillères de purée, et Ada devait insister pour le faire répéter, plus lentement. À la fin de ce modeste repas, elle n'avait toujours pas réussi à savoir où étaient les parents de Robin, de sorte qu'elle se formulait différentes hypothèses : ils étaient partis pour une longue journée de travail et reviendraient tard dans la soirée ou la nuit, ils habillaient peut-être un épouvantail de fripes lugubres dans un repli du jardin, ou bien ils avaient fui très loin, affolés par la perspective de son arrivée. Toujours est-il qu'elle était allée se coucher dans l'incertitude et c'est Robin qui l'avait réveillée le lendemain en poussant des cris assez drôles autour de son lit, avant de lui donner un bout de pain ranci en lui disant de s'habiller rapidement. Ada ne comprenait pas très bien mais elle lisait l'excitation dans le regard de Robin et même si cela l'inquiétait, elle était en même temps un tout petit peu curieuse.

Dans son souvenir, Margate était calme ce matin-là. Une éclaircie perçait les nuages et les mouettes se laissaient porter par une légère brise marine. Quelques vieux messieurs en manteaux cirés tiraient leurs caddies vides jusqu'au marché de crustacés et de poissons, le long de la jetée. Robin courait et Ada avait du mal à le suivre. Dans une petite rue, ils étaient passés sous une arche qui donnait sur un trou creusé dans le sol en pierre, ils étaient descendus dans l'obscurité par des échelons de fer fixés dans le mur et avaient vu surgir, à la lueur tremblante d'une lampe torche, les contours d'une grotte. Des coques, des moules, des bulots, des berniques, des lambis, des huîtres, des pétoncles, des palourdes et des chitons, bistrés par l'humidité, de tailles variables, parfois minuscules, parfois aussi larges qu'une main, cueillis sur les plages voisines de Herne Bay et de Walpole Bay, ou dérobés aux plages haïtiennes de la baie de Henne et de la baie des Anglais, deux cents, peut-être deux cent cinquante ans auparavant, soigneusement accouplés, alignés et accordés les uns avec les autres, formaient des mosaïques extraordinaires tout autour d'eux. Robin connaissait cette grotte mais il avançait devant Ada comme s'il la découvrait pour la première fois, l'émerveillement se mêlant parfois au désir très sérieux de déchiffrer les figures qui s'accumulaient sur les murs : voyaient-ils là les contours d'une fleur de lys ou d'un calamar, d'une corneille ou d'une sorcière, d'une croix ansée ou d'un paon ? Après avoir fait le tour d'une rotonde surmontée d'un dôme pointu, ils avaient pénétré dans un long couloir arqué et parsemé de motifs floraux, d'étoiles, de yonis et de lingams, d'arbres de vie dont les branches ondulaient quelquefois à l'infini ou s'interrompaient parfois brutalement, avant de déboucher sur une pièce rectangulaire centrée sur un autel, un prodigieux autel semi-circulaire recouvert d'un épais drap violet à taches orange et rouges et d'une bougie en cire jaune de dix centimètres, que Robin s'était empressé d'allumer. Il s'était alors mis à sauter, à gesticuler, à pousser des petits cris de chouette, d'une façon à la fois insensée et qui semblait pour lui tout à fait naturelle. Ada avait voulu lui demander à quoi pouvait servir ce lieu et qui en prenait soin mais elle avait compris pour de bon qu'ils ne pourraient pas communiquer par la parole et qu'il valait mieux s'en tenir pour le moment à de simples gestes faciles à comprendre. C'est vers la fin de son séjour, lorsqu'elle commençait à avoir confiance en son anglais, qu'elle lui avait vraiment posé la question et Robin avait évoqué *those strange ceremonies which used to take place in the grotto.* D'après lui, les marins du coin avaient construit la grotte pour y organiser de grandes fêtes et y entrer en communication avec leurs camarades disparus en mer. On racontait aussi qu'avant la guerre une jeune fille issue d'une famille d'artisans locaux y avait passé plusieurs mois en ermite. Quoi qu'il en fût, la grotte avait survécu aux tempêtes rituelles qui sévissaient sur cette côte et même à une bombe lâchée par un avion allemand sur Dane Road en 1940, pendant le Blitz. *I'm quite superstitious,* avait dit Robin sur le ton d'un adulte, *I tend to believe that an invisible shroud protects this place.*

Robin et Ada étaient ensuite retournés dans la grotte tous les matins pendant plusieurs semaines, et cette routine avait pris une telle importance qu'Ada avait fini par oublier qu'elle était censée séjourner avec toute la famille Modlin et non pas seule avec Robin. En arrivant, il commençait toujours par allumer la bougie sur l'autel et par se livrer à ses acrobaties vocales et gestuelles. Ensuite, les deux enfants s'amusaient à passer le bout de leurs index sur les murs, en retraçant les motifs qu'ils observaient, et en replaçant ici ou là un coquillage qui commençait à se détacher. Ils pouvaient passer des heures à se divertir ainsi. Quelquefois, ils préféraient étendre le drap de l'autel au pied de celui-ci et s'endormir côte à côte, la vue attirée par l'image d'une ancre, et Ada ne se souvenait plus si cette image était celle d'un songe qui commençait ou la surimpression sur son œil d'un motif qui se déployait dans le relief du plafond, avant que ses lourdes paupières ne se ferment.

Peu à peu, Robin et Ada perdaient la notion du temps et en sortant de la grotte, l'espace de quelques secondes, ils pouvaient confondre le jour et la nuit, la lumière de l'aube et du crépuscule, la marée basse et la pleine mer, le clair de lune et les incursions du soleil dans la brume qui se répandait de rue en rue. Une nuit dont le souvenir s'était arrimé de plus en plus fermement dans l'esprit d'Ada au fil du temps, cette nuit hostile qui s'était achevée par le coup de téléphone de sa mère annonçant la mort fulgurante de Sandro, cette nuit froide où elle était retournée à la maison pour aller chercher des allumettes et quelques vivres pendant que Robin gardait un œil sur la grotte, elle avait tout de suite senti en gagnant la rue qu'il était tard et qu'elle allait remonter la pente givrée de Dane Road absolument seule. Sur son chemin, elle avait aperçu au loin les lumières étincelantes du parc d'attractions qui attire des milliers de vacanciers anglais à Margate, la grande roue qui tournait dans la nuit tel un anneau de feu, et peut-être même les lettres rose bonbon de son nom : D-R-E-A-M-L-A-N-D, dominant la plage et les petites maisons de pêcheurs serrées les unes contre les autres aux marges du centre-ville qui, par contraste, s'assombrissaient jusqu'à se confondre avec les contours noirs et gris de la côte. Elle se souvenait encore de la longue lamentation d'un goéland qui l'avait survolée de très près avant de l'accompagner jusqu'à la maison et de se poser sur son toit de chaume.

Un peu effrayée, elle était vite entrée sans enlever son grand plaid et elle s'était dirigée vers la cuisine, au bout d'un couloir étroit, pour aller fouiller les placards. En attrapant un couteau à pain sur une étagère trop haute, elle avait pu admirer par la fenêtre un grand filet de pêche étendu dans l'herbe, dont les mailles encore mouillées brillaient dans le reflet croissant de la lune. Elle avait rempli un panier de tartines au beurre enveloppées dans un vieux torchon gris avant de craquer une allumette pour le simple plaisir de voir le feu jaillir devant ses yeux. Elle s'était mise à marcher dans le couloir sans songer pour l'instant à repartir, en regardant la flamme trembler dans la paume de sa main. Elle s'était arrêtée à hauteur du salon et en y entrant, elle avait enfin aperçu à sa droite deux femmes assises côte à côte dans des fauteuils en cuir marron. L'une, imposante, était en train de coudre la lettre A sur le revers d'un pull-over. L'autre, chétive, avait le visage enrubanné jusqu'à hauteur du nez d'une écharpe vert foncé et portait une casquette de marin. Elle s'était levée de son siège en voyant Ada, avait posé la pelote de laine qu'elle était en train d'enrouler sur elle-même sur le rebord de la cheminée, et s'était approchée d'elle doucement, pieds nus. *Hello Ada,* avait-elle dit en dénouant son écharpe, *my name is Nell, and this is Mora. We are Robin's parents.*

*

Depuis mon arrivée à Rome, j'évitais de m'approcher du centre historique. J'étais persuadé que si j'allais dans cette zone délimitée à l'ouest par les méandres du Tibre et à l'est par la carcasse gigantesque de la gare de Termini, je serais pris au piège de ses cercles concentriques. Ada m'avait parlé de ce labyrinthe où l'on marche toujours plus que prévu, en déséquilibre sur les pavés, en suivant des courbes ou des longues pentes, où l'on hésite dès qu'on atteint une intersection, sans être sûr d'où l'on vient et où l'on va. Elle avait ainsi réveillé les souvenirs incertains de mon premier passage ici et j'avais sans doute, en l'écoutant attentivement, laissé peu à peu sa mémoire se confondre avec la mienne. Je revoyais les garçons de café en plein soliloque sur les trottoirs, les sentinelles armées de mitraillettes, plume sur le béret, qui s'endorment sur un coude, les receleurs de beauté, drapeau en main, guidant les files de touristes d'un monument à l'autre, les messages hostiles au Vatican tagués sur les murs, les livreurs qui montent et descendent patiemment les pentes de l'Esquilin à vélo, suivis par le zigzag éméché des voitures, les tableaux et les squelettes entassés dans n'importe quelle cave, les tortues de pierre sous l'eau des fontaines et les martyrs à flanc d'églises, criblés de flèches ou les yeux révulsés, proches de l'extase, je voyais aussi les paillasses de fortune alignées le long des gares, souvent occupées par des réfugiés poursuivant leurs voyages au long cours, les palais en ruine, les tours en chantier, les tortues bien vivantes qui remuent leurs oreilles rouges dans les lacs, un obélisque à dos d'éléphant, la masse d'objets manufacturés qui apparaît chaque jour dans la rue, les téléphones dans chaque main, le Colisée aimanté sur une porte de frigidaire, Saint-Pierre en pin's, les soutanes en vitrine, mélangées aux étoles et aux sangles de cuir, je voyais ou j'avais peut-être déjà vu les images pesantes du passé, tous les clichés d'une capitale du bonheur modifiés, travestis, multipliés et engloutis par la complication violente du présent.

Pour rejoindre la Galerie nationale d'art moderne, où je pourrais, d'après Ada, voir un collage de Lou Tamma, j'ai donc pris un détour. Depuis Pigneto, il m'a fallu franchir les murs d'une porte fortifiée, emprunter un tunnel sordide sous les chemins de fer, traverser les rues tour à tour agitées et désertes de San Lorenzo, longer les complexes monstrueux de l'université, de la Bibliothèque nationale et de la polyclinique, poursuivre sur un des nombreux axes modernes qui entourent le cœur de la ville – et qui semblent avoir été conçus pour le flux incessant des voitures ou pour protéger les immeubles bourgeois et les anciennes villas de la curiosité des piétons –, passer à côté de catacombes, entrer dans les jardins immenses de la Villa Borghese et contourner le jardin zoologique. Je me sentais affaibli après cette marche de plusieurs heures sous une chaleur écrasante et quand j'ai levé les yeux sur la façade colossale de la galerie, mon malaise s'est encore accentué. En observant la partie centrale de cette façade, composée de quatre paires de colonnes corinthiennes et encadrée par deux énormes pylônes, eux-mêmes décorés de pilastres et surmontés chacun de deux statues représentant la Victoire, je me suis demandé à quelle aversion cette symétrie, ce goût de l'ornement et l'emphase de cette architecture me renvoyaient. Même le corbeau juché sur une des couronnes en laurier tenues à bout de bras par ces quatre déesses de la Victoire, au point culminant de l'édifice, semblait partager mon scepticisme quant au spectacle qu'offraient à la fois ce monument et le paysage alentour, mélange de jardinets bien entretenus et d'esplanades finement dessinées, dont rien ne me reste en mémoire que l'artifice. D'ailleurs, je ne parviens toujours pas à saisir comment ce musée, qui a été selon Ada constamment étendu depuis sa création au début du xxe siècle pour accueillir un nombre croissant d'œuvres d'art, a pu à ce point me paraître vide quand j'y suis entré. À cet instant, j'avais déjà le tournis, qui me donnait l'impression de faire un pas en arrière à chaque fois que j'en faisais un vers l'avant. J'ai péniblement traîné mon corps de salle en salle, à la recherche d'une œuvre signée Lou Tamma, incapable de me concentrer sur les autres tableaux qui défilaient sous mes yeux et me communiquaient la même froideur que les fenêtres opaques, bleu nuit, d'un immeuble de bureaux entièrement construit en verre. J'avais beau m'approcher ou m'éloigner d'une œuvre, la bonne distance m'échappait à chaque fois, et je ne voyais que des cadres, des lignes fuyantes et des couleurs grises. Aujourd'hui encore, je ne conserve de cette divagation qu'un magma informe de noms et de titres obscurs au fond de ma mémoire.

Au moment où j'essayais de fixer mon regard sur la sculpture filiforme d'une figure à peine humaine, après avoir descendu un grand escalier en marbre, j'ai définitivement perdu mes repères. J'ai demandé de l'aide à un gardien vêtu d'un costume sombre trop grand pour lui. Qu'il ait perçu mon inconfort ou non, il a été surpris par ma demande. Je me suis répété, en prenant soin d'articuler correctement "Lou" puis "Tamma", car je pouvais facilement marmonner de façon incompréhensible lorsque mes échanges avec d'autres êtres humains se raréfiaient. Il m'a regardé, interloqué, puis m'a demandé de patienter une minute. Quand il est revenu, les mains dans le dos, j'ai cru le reconnaître. Il avait l'allure sereine, presque désabusée, de ces gardiens de musée qui surveillent la même salle depuis vingt ans, en connaissent tous les recoins et sont prêts, si vous dites le mot juste, à tout déballer de leur vie ou de l'histoire du lieu, qui sont en fait une seule et même chose. Je pouvais même très bien imaginer qu'il vivait quelque part au sommet du bâtiment, dans une niche minuscule avec une perruche en cage et un chat blanc. Où avais-je déjà vu cet homme sans âge ? Nous n'avons pas d'œuvre de Lou Tamma, a-t-il dit. Devant mon regard incrédule, il a ajouté qu'il y avait une dame qui venait ici régulièrement et posait à chaque fois la même question que moi. On est obligés de lui faire la même réponse, a-t-il ajouté, on n'a tout simplement jamais entendu parler de cette Lou Tamma ! Nous nous tenions l'un en face de l'autre, sous la lumière surpuissante des néons qui formaient une croix au plafond, moi avec les yeux égarés, les mains cachées dans les poches, la bretelle de mon sac glissant de mon épaule, le surveillant avec sa moue de plus en plus préoccupée. Je n'ai pas su quoi répondre. Je crois qu'il m'a ensuite répété la même phrase plusieurs fois, dans plusieurs langues, comme s'il fallait compenser le silence insupportable de cette grande salle creuse. Je ne répondais pas et il se répétait de plus en plus vite. Ensuite, il est passé dans une autre salle. En me rapprochant un peu, je l'ai entendu parler de moi à travers le mur. Attends, a dit quelqu'un, je vais voir. Dans un sursaut, j'ai réussi à partir mais cet épisode m'a plongé dans le mutisme le plus complet pendant plusieurs jours, et il a été le premier d'une suite de crises qui me laissaient à chaque fois hagard, stupéfait, ignorant de leurs causes et impuissant face à leurs effets.

*

Je n'ai pas vu Ada dans l'appartement pendant de longues semaines au cours desquelles je suis resté allongé dans une pénombre presque continue, creusant d'heure en heure le fond de mon matelas, alangui par le molleton épais de mon oreiller et les vagues de chaleur quand je n'étais pas irrité par le contact moite de mes draps, le battement des vitres, les pas lourds des voisins ou l'animation venue de la rue, d'autant plus soudaine que la plupart du temps le quartier semblait vivre dans la même apathie que moi. Je somnolais dans des états troubles où mes rêves se laissaient manipuler, enchâsser les uns dans les autres, mâtiner de degrés de réalité suspects, et où cette même réalité se présentait à moi comme un bel écran que je pouvais tranquillement observer depuis un poste privilégié sans avoir jamais à m'y engager, dont je pouvais me faire une image immaculée et presque fixe, tout en me disant en mon rêve : "c'est drôle, ici, je peux tout voir et tout faire, je peux m'exposer à tous les dangers, j'en sortirai toujours indemne", jusqu'à ce que ma conscience, par secousses, remonte des profondeurs, se répande sur l'écran, en remplisse toute la surface et jaillisse tout à coup devant moi, impitoyable. J'étais alors réveillé et je ne savais pas où j'étais.

Un soir, on a sonné. Ada avait-elle oublié sa clé ? Avais-je rêvé cette sonnerie ou était-ce la sonnerie qui m'avait réveillé ? Je n'avais aucune envie de me retrouver nez à nez avec un étranger, de me confondre en excuses, de m'expliquer, de parler. Alors je n'ai pas bougé. Et si c'était vraiment Ada ? Elle sonnerait sans doute à nouveau, me suis-je dit, et j'ai attendu encore. Puis, comptant sur l'impatience de l'intrus, j'ai fini par me lever et par avancer prudemment jusqu'à l'entrée. Je ne voyais personne par le judas. J'ai ouvert la porte, doucement, j'ai mis un pied dehors, j'ai entendu le battement d'ailes d'un pigeon, qui prenait peur et s'envolait depuis le rebord d'une fenêtre, puis plus rien. Quelques nuits plus tard, Ada toujours absente, on a sonné à nouveau. Cette fois, je me suis tout de suite dirigé vers la porte mais lentement, mes pas retenus frottant le parquet parfois trop fort. Malgré l'effet de loupe du judas, j'ai reconnu la même dame voûtée que j'avais aperçue à plusieurs reprises derrière ses rideaux. La peau épaissie d'une poudre brune, les yeux écarquillés par le mascara, elle portait cette fois un châle au crochet noir sur les épaules et le dessus du crâne, et ses jambes étaient rapetissées sous un buste trois fois plus long. Quand j'ai ouvert la porte, son corps entier s'est tassé. Sa tête m'arrivait à hauteur du plexus.

Elle s'est présentée sous le nom de Chiara et m'a demandé si Ada était avec moi. Elle avait besoin de lui parler. J'étais gêné par son regard, qui plongeait dans mon dos. Elle voulait s'approcher mais n'osait pas. Elle habitait le quartier depuis très longtemps et était toujours heureuse de faire connaissance avec ses voisins. Elle se demandait si un nouveau venu comme moi pouvait voir les choses de la même façon qu'elle, pressentir ce qu'il y avait de particulier ici. Sans attendre de réponse, elle m'a demandé de lui envoyer Ada, sans faute, dès qu'elle serait de retour. Elle s'est tournée vers l'escalier en murmurant que la pauvre devait se sentir bien seule depuis le départ de son frère, elle a posé une main sur la balustrade et elle est descendue dans l'obscurité de la cage d'escalier.

Parmi les histoires qu'elle a absolument tenu à me confier les nuits où elle reparaissait sur le seuil de la porte dans le même châle sombre, en me dévisageant quelques instants avec les yeux d'un oiseau de nuit, en insistant à chaque fois pour savoir si Ada était présente, en refusant systématiquement d'entrer dans l'appartement et en agrippant le bas de ma chemise quand elle était emportée par son récit, celle d'un soldat italien du nom d'Oreste Lange m'est souvent revenue à l'esprit. Chiara trouvait cela étrange qu'Ada ne m'en ait rien dit. Cet homme avait pourtant habité dans cet immeuble avec sa famille, à l'étage du dessus, ou peut-être l'étage encore au-dessus, elle ne savait plus très bien, tout cela était vieux de plus de soixante ans mais tout le monde dans cette rue avait entendu parler de son sort funeste. En 1940, à l'âge de dix-neuf ans, il avait rejoint son régiment sur la côte est de la Sicile. Il y était resté trois ans à épier les sous-marins émergeant des profondeurs, et à redouter les plaisanteries de plus en plus menaçantes de ses compagnons d'armes. Il avait ensuite passé un an et demi sur l'île de Funaro, au large de Naples, où il surveillait des prisonniers de guerre et des lézards de ruines. Lorsqu'il était revenu à Pigneto, il avait trouvé sa famille dévastée. Son père s'était éteint dans son sommeil. Sa sœur n'était jamais revenue de ses commissions en centre-ville. Seule sa mère était là pour l'accueillir mais elle ne supportait pas de cohabiter avec son mutisme, son regard de fou, sa sensibilité extrême aux couleurs. Les accusations d'espionnage avaient commencé à fleurir chez les voisins. Pour l'éloigner du quartier, sa mère l'avait alors envoyé dans une prison de criminels et d'idiots sur les hauteurs de Naples. Il avait même été enfermé dans une cellule spéciale, au sommet d'une des deux tours qui dominent le monument, mais cela n'avait rien changé. Après quatre mois, il était revenu et il avait dû, à son tour, s'occuper de sa mère, en proie à des vertiges de plus en plus profonds. Lorsqu'elle avait finalement succombé à l'épuisement, six ans plus tard, il avait gardé la nouvelle pour lui et était resté figé plusieurs jours à son chevet, comme un mort veillant une morte. Il l'avait ensuite enterrée sous le parquet de la chambre et par une sorte d'irrésolution devant son absence, il avait continué de lui communiquer ses pensées, en les gravant une par une, dans une graphie extrêmement resserrée, sur les planches de hêtre qui la recouvraient. Sans se nourrir et quasiment sans dormir, il avait marqué le bois de regrets, de douceurs, de la description des glaçons qui lui poussaient dans la poitrine, de portraits de faunes et de merles, d'accès de colère contre l'humanité et ses crimes. Lorsqu'on avait retrouvé le corps inerte d'Oreste Lange, la boucle de ceinture qui lui servait de stylo encore en main, il y avait cette phrase inscrite sous sa tête : "la tendre, secrète influence qui passait en moi et en d'autres enfants ne pouvait plus renaître, jamais plus."

*

Quand Ada est revenue, elle était surprise de voir que j'étais encore dans l'appartement, comme si je ne le quittais jamais. C'était pourtant le rôle qu'elle m'avait demandé de tenir. Je commence à me sentir chez moi, ai-je dit, sans lui avouer qu'elle m'intriguait par ses absences répétées, qui ne pouvaient pas être dues seulement au hasard, qui ne se réduisaient sans doute pas à des allers-retours à Londres. Je ne lui avouais pas non plus que j'avais songé à partir, prenant conscience par moments qu'il était curieux de passer tout ce temps au même endroit, la bouche lourde, saisi par une inquiétude oblique. Avant mon départ pour l'Italie, j'avais vendu aux puces deux tapis hérités de ma voisine dont j'ignorais la valeur exacte avant de la mesurer à l'enthousiasme d'un antiquaire un peu fantasque. Je n'avais pas marchandé très longtemps car j'avais été effrayé par les passages d'un avion, qui volait étrangement bas en tournant sur lui-même. Pourtant, avec la somme proposée, j'allais pouvoir vivre deux ans, peut-être un peu plus en comptant mes dépenses. J'avais donc tout le loisir de voyager et de me laisser porter par le désir d'exploration le plus élémentaire.

Je n'en faisais rien, ce qui à l'évidence troublait mon hôte. Elle était curieuse d'une façon qui aurait pu me déranger mais qui me plaisait assez. Quand je restais des heures à regarder les voisins, je me disais d'ailleurs qu'il y avait quelque imprudence dans cette habitude, je me laissais même peut-être aller à quelque chose de répréhensible. Je savais que ce serait mal vu si j'étais découvert, mais l'idée qu'Ada se doutait de quelque chose pouvait m'inciter en partie à continuer. Je n'avais même pas besoin de lui dire. Je restais ici parce que, dans le fond, elle voulait que je reste auprès d'elle. Et même si je trouvais ses absences trop longues, parfois interminables, elle ne disparaissait jamais complètement : ne passais-je pas la plupart de mon temps chez elle, à me blottir sur son divan en soie bleu, à passer ma main sur le corbeau de son paravent en velours exactement comme je l'avais vue faire, à tirer les rideaux, la nuit, sur des vues qui m'impressionnaient autant qu'elle, à rêver à sa place, à dormir dans son lit, à habiter son monde ? Et si une lueur de fascination nous liait désormais l'un à l'autre, j'aurais été incapable de dire d'où elle venait et par quels phénomènes imprévus elle grandissait. Je ressentais presque la même chose qu'Ada, même si c'était inavouable, même si je n'aurais pas su décrire cette chose à fond. Ma présence avait un sens de plus en plus clair. J'étais non seulement là pour prendre soin de son appartement mais aussi pour l'écouter, pour affermir ses souvenirs, pour me fondre dans le décor, pour penser comme elle et vivre ce qu'elle vivait. À mon arrivée, je n'y songeais pas car j'étais là par défaut, j'avais fui Paris pour échapper à un isolement qui m'exposait sans cesse et devenait insupportable. Mes proches, mes amis, mes anciens collègues, mes voisins m'appelaient, sonnaient à l'interphone, frappaient à ma porte : ils avaient quelque chose d'important à me dire, ils m'encourageaient à sortir et à ne pas me couper du monde, ils voulaient me mettre en relation avec une connaissance, qui certainement pourrait m'aider, ils venaient m'offrir un cadeau ou simplement passer un peu de temps avec moi, et plus je les chassais, plus ils insistaient. Petit à petit, je m'imaginais qu'ils se postaient devant ma porte à tour de rôle et qu'il y avait en réalité toujours quelqu'un pour m'attendre. Ont-ils jamais compris que c'est leur empressement qui a eu raison de moi ? J'avais donc fini par quitter mon cagibi étouffant sans prévenir. En arrivant chez Ada, je pouvais enfin leur dire adieu, m'enterrer dans ce trou bien agréable, à ma mesure, et ne pas en ressortir.

Désormais, c'était différent, quelque chose d'autre s'était noué entre Ada et moi. Quand j'y ai fait allusion malgré tout, avec des phrases maladroites, elle n'a pas tellement fait attention. Si elle m'avait posé une ou deux questions de plus, j'aurais pu me laisser aller encore un peu. Effacer mon apparence convenable. Savait-elle seulement que j'en étais capable ? Elle n'a pas réagi mais quand la conversation a glissé de nouveau sur son passé, elle se confiait avec une ferveur débordante et je tressaillais d'un plaisir un peu honteux en l'écoutant.

Elle se rappelait la joie qu'elle avait trouvée auprès de Robin, Nell et Mora Modlin, tous les hivers où elle était retournée en pension chez eux. Nell et Mora s'étaient petit à petit résolues à emmener les deux adolescents dans leurs excursions en mer. Ils partaient souvent trois jours et trois nuits au large tous ensemble et pêchaient le merlan quand ils ne jouaient pas aux cartes, serrés les uns contre les autres dans la cabine. Nell remplissait une soucoupe de braises ardentes et la plaçait sous la table et Mora passait régulièrement son tour pour ne pas interrompre la couture d'un pull ou d'une écharpe. Robin et Ada s'aventuraient sur le pont quand la tempête menaçait. Le bateau vacillait à droite et à gauche tandis qu'ils posaient leurs deux pieds à plat sur le sol, écartaient les bras et tentaient de garder l'équilibre, mais le sommet glacé d'une vague finissait par leur fouetter le visage et la vague suivante, plus haute, plus ample, les renversait à terre. Ils couraient alors se réfugier dans la cabine et allaient se réchauffer sous la table. En quelques années, grâce à ces équipées en mer, aux promenades le long des falaises calcaires de Botany Bay et dans les plantations de houblon, aux sorties à Dreamland et aux heures passées devant *EastEnders* à la télévision, Ada avait parfaitement appris l'anglais et noué avec les Modlin des liens qui ne s'étaient jamais rompus.

Avant cela, avant que le temps n'éloigne le spectre du malheur, elle avait dû rentrer à Rome pour inhumer son père. Quand Patti lui avait ouvert la porte de l'appartement, le visage rougi, avec une lenteur qu'elle ne lui avait jamais vue, Ada portait le pull en laine cousu par Mora avec les trois lettres de son nom inscrites dans le dos. Au bout d'un jour ou deux, sa mère lui avait raconté les circonstances de la mort de Sandro. Il manipulait une scie à bois électrique dans son atelier quand Lou Tamma était entrée.

Distrait par cette arrivée inattendue, il n'avait pas eu le réflexe d'arrêter le mouvement circulaire, extrêmement rapide, de la scie. Les deux amis s'étaient rapprochés du seuil de la porte et éloignés du bruit lancinant de la machine. Il n'y avait pas de témoins directs et Patti tenait cette histoire de Lou Tamma elle-même. Ce qui est arrivé ensuite, m'a dit Ada d'une voix blanche, presque cassée, continue de hanter les habitants du quartier. Moi-même, je n'y remets plus jamais les pieds. Au moment où Lou Tamma allait repartir et enfilait son casque de motard dans la rue, à dix mètres, ou cinq, ou, qui sait, peut-être deux mètres de là où se trouvait Sandro, le bruit de la scie électrique s'était tout à coup interrompu. Il y avait eu un grand vacarme, le bruit lourd d'un corps qui chute, une pause, et les moteurs et les klaxons de la via Ostiense au loin. Quand Lou Tamma était retournée dans l'atelier, Sandro était dans une drôle de position. Allongé par terre, sur un côté, recroquevillé comme s'il pressait quelque chose contre son bas-ventre des deux mains, il regardait, avec une expression de surprise devenue fixe, entre deux planches du parquet devant lui, une fente sombre et fine où étaient peut-être agglutinés des miettes de pain, des pellicules, des grains de café moulu, les résidus minuscules d'une feuille de cactus, la poussière et la crasse d'heures et d'heures de travail, et tandis que le disque de la scie électrique, détaché de son mécanisme rotatif, de la petite table qui le soutenait et de ses quatre pieds, achevait de tourner sur lui-même, un ou deux mètres derrière sa tête, c'est dans cette fente – alignée avec les yeux exorbités bientôt inanimés de Sandro et croisant un rayon de lumière projeté sur le parquet –, que Lou Tamma avait vu sourdre un filet de sang, opaque et pourpre. Sonnée, elle avait appelé les secours et était repartie sur sa moto en oubliant son casque. Pourquoi avait-elle quitté les lieux avant l'arrivée de l'ambulance ? Patti n'avait pas eu la force de lui poser la question.

*

Quand Ada n'était pas là, je l'attendais. J'entendais souvent sa voix. Si mon téléphone vibrait, c'était elle qui m'appelait. Si des pas se rapprochaient dans l'escalier, c'était elle qui rentrait. Par instants, j'étais persuadé qu'elle se cachait avec Angelo dans l'arrière-salle d'un pub, et qu'ils riaient secrètement de moi en buvant des petits verres de brandy. Je l'imaginais sinon sur la tombe de son père, à récurer les traces de mousse sur la pierre, à lui dresser des bouquets de fleurs tous plus splendides les uns que les autres, à lui parler et à tendre l'oreille en attendant ses réponses. Je la voyais assise sur un tabouret, pliée en deux au-dessus du *Perché?* gravé en travers de la tombe, admettre qu'il n'y avait plus rien à corriger dans sa vie, qu'il n'y avait plus que le souvenir et l'attente. J'en venais à me demander quand, si elle n'était pas en ma présence ou seule aux prises avec ses démons intérieurs, elle côtoyait les vivants. Je ne pensais plus qu'à elle ou à ses paroles assiégées de souvenirs. Ce ressassement m'est devenu si familier que lorsqu'elle est vraiment revenue dans l'appartement, j'ai été pris de court.

Au retour d'une rare excursion nocturne dans les rues dépeuplées des environs, j'ai monté l'escalier de l'immeuble, bercé par les pigeons qui roucoulaient dans la pénombre des soupentes. Quand je suis arrivé sur le palier du deuxième étage, la lumière s'est éteinte d'elle-même. J'ai plongé les yeux dans la cage d'escalier, envoûté par l'obscurité, en attendant qu'elle se fissure et s'anime. La longue balustrade tachetée d'auréoles et de cercles bruns serpentait le long des hautes marches en bois, rougissant dans la courbe qu'elle traçait au premier étage, et glissait, à nouveau marron, sous la paume de ma main. J'ai dû forcer la clé dans la serrure pour ouvrir la porte de l'appartement avant d'entrer dans le couloir à pas feutrés. Je ne reconnaissais plus le salon, où la lumière était allumée. Le paravent n'était pas à sa place. La lampe à abat-jour orange non plus. Quelque chose dans l'équilibre général de l'appartement avait changé. Cela m'a rendu nerveux. Je suis entré dans la chambre : le dessin du chat endormi, que j'observais rituellement chaque jour depuis mon lit, était tombé par terre. Dans le coin de la pièce, le sac que je laissais toujours fermé était ouvert, mes vêtements étaient dispersés sur le parquet ou étendus sur le fauteuil à bascule. Je me suis demandé un court instant si j'avais moi-même laissé la chambre dans cet état mais non, c'était impossible. Il y avait quelqu'un sous les draps. Je me suis approché du lit, l'œil désormais habitué à voir dans le noir : Ada dormait, allongée aux trois quarts sur le ventre. Elle avait la moitié du visage cachée par l'oreiller, la bouche collée au tissu. Quand elle inspirait, le cerne noir sous son œil visible se creusait et sa paupière s'ouvrait légèrement. Quand elle expirait, un demi-sourire s'esquissait au bout de ses lèvres. Elle restait parfois en apnée et, par un réflexe bizarre, je bloquais aussi ma respiration en attendant un signe, en espérant un geste. Mais les mots qui lui échappaient, concassés au fond de sa gorge, étaient incompréhensibles et son corps entier plongeait dans un sommeil profond qui s'étirait jusqu'à moi et courbait, petit à petit, mon dos vers l'avant. Pour résister au sommeil, je suis retourné dans le salon et j'ai alors aperçu plusieurs assiettes sales entassées dans l'évier, et de petits morceaux de jambon, violacés par endroits, ensevelis sous les feuilles de roquette dans le fond d'un plat en hexagone. La grande courtepointe orange, rouge, mauve et verte tombait dans l'ombre du parquet comme si elle avait récemment servi. Je me suis approché de la baie vitrée et j'ai vu la lumière allumée au troisième étage de l'immeuble d'en face : Chiara était là, dans l'embrasure de la fenêtre, les mains posées contre le verre, et tout en me perçant du regard, elle riait sans retenue.

J'ai dû m'endormir sur le divan juste avant l'aube et quand je me suis réveillé, ma tête était encore encombrée d'une grisaille épaisse, pleine de petites chimères et de vagues réminiscences. Il n'y avait personne dans la chambre, le lit était fait, Ada était déjà repartie. J'allais sortir à mon tour pour me remettre les idées à l'endroit quand je suis tombé sur un mot de sa main, gribouillé sur un morceau de papier déchiré. Merci pour tout, était-il écrit. Elle comptait s'installer durablement dans l'appartement et n'aurait donc plus besoin de mes services. Elle voulait aussi préparer l'arrivée d'Angelo, qui avait promis de venir à Rome bientôt. C'était une occasion inespérée de dépoussiérer cet appartement, de mettre un peu d'ordre, de jeter tout un tas de choses qui la gênaient. J'avais rempli mon rôle à merveille, elle ne savait pas comment me remercier mais nous serions certainement amenés à nous revoir, si je le voulais bien.

Piqué au vif, j'ai glissé le mot dans ma poche, j'ai rassemblé mes affaires et j'ai quitté Rome sur-le-champ, sans même penser à jeter un œil par la baie vitrée ou la petite fenêtre rectangulaire avant de partir. J'ai ensuite dérivé dans la plaine des Pouilles pendant des semaines, des mois, tout l'automne et une grande partie de l'hiver. J'ai rallié tous les villages et toutes les villes aux noms séduisants, en ne m'arrêtant jamais plus de deux nuits au même endroit, en me soûlant de vin jour après jour, en me forçant à parler à mes voisins de comptoir, de car ou de train, en leur racontant des anecdotes, des blagues et jusqu'à l'histoire inventée de ma vie, en me surprenant sinon à écouter aux portes ou dans la rue, à suivre un couple en pleine discussion ou un passant au hasard, jusqu'à ce qu'il rentre chez lui et me ferme la porte au nez : je songeais ainsi de moins en moins à Ada, j'écartais son frère de mes pensées, je reléguais tous les personnages de son récit dans les souterrains de ma conscience, j'enterrais cette fascination dans le mouvement et le fracas incessants du voyage, comme si mon salut en dépendait, comme si c'était la seule chose à faire.

*

J'étais dans un train filant à travers les causses gris de la Basilicate quand j'ai vu une nuée prodigieuse d'étourneaux dans la lumière oblique de la fin de journée, une masse compacte et coordonnée, qui fusait dans toutes les directions, traçant des courbes où je discernais fugitivement la forme d'un cachalot à la verticale, sondant l'étendue bleue, ou d'un faucon aux ailes repliées plongeant à toute vitesse vers sa proie. Moment de répit bienvenu au cours de ce long trajet à destination de Naples, avec ses arrêts interminables et ses bifurcations, si long que je suis tombé dans un lourd sommeil à une heure seulement de l'arrivée. Lorsque je me suis réveillé, allongé en travers de la banquette dans le compartiment à six places que j'avais occupé seul pendant tout le voyage, j'avais en tête les images d'un rêve où était apparu un homme en haillons sur une grande bicyclette, les mains dans les poches, pédalant juste assez vite pour ne pas perdre l'équilibre, avant de comprendre que mon train était arrivé en gare depuis longtemps et se trouvait à présent sur une voie de stationnement, sans accès aux quais où descendent normalement les passagers. J'ai même dû demander de l'aide à un cheminot ébahi car en sortant de ma voiture, je voyais des hangars au loin, aux deux extrémités du chemin de fer, et je ne parvenais pas à distinguer le bâtiment central de la gare. J'ai donc suivi les rails, franchi le hall des voyageurs, et sur ma lancée, j'ai traversé une grande place, contourné une citadelle à cent fenêtres, remonté une longue rue étroite, continuellement acculée dans l'ombre par les églises baroques qui la longeaient, et je me suis lancé à l'assaut du Montecalvario, où m'attendait un lit pour la nuit.

Le lendemain et aux premières semaines du printemps, j'ai marché aux quatre coins de la ville, je suis entré dans les cryptes froides, je me suis attardé aux terrasses des cafés, en ignorant les conversations des tables voisines, j'ai somnolé dans les recoins aérés des parcs, j'ai écumé les bourgs et les plages constamment paisibles de l'île de Procida. Le soir, j'allais boire une bière seul dans le square le plus fréquenté du centre-ville ou je me postais au sommet des quartiers espagnols pour voir les feux d'artifice, qui jaillissaient par intermittence d'une rue obscure et retombaient dans la baie, jusque dans la bouche grande ouverte du Vésuve. Je n'étais pas loin, à vrai dire, de me faire aux convulsions de la ville, au bruit de crécelle des scooters, aux aboiements, à l'écho prolongé des conversations, aux airs de radio dominés par les effets de *reverb* et de basse, à la brise humide, à l'odeur de friture et de parmesan fondu, au parfum d'encens et d'anis étoilé venu des intérieurs cingalais. Je trouvais même dans le désœuvrement un semblant de tranquillité, je m'effaçais, sans autre ambition, dans l'ombre de ma silhouette et la cadence de mes pas. Cet apaisement n'a pas duré et mes longues promenades à travers Naples, que j'avais achevées jusque-là sans difficultés, ont commencé à me peser. Je me fatiguais à monter et à descendre sans cesse les mêmes pentes abruptes, à passer trop souvent d'un flanc de colline protégé par l'ombre à un autre surexposé au soleil, à osciller entre des ruelles bondées où je me voyais suffoquer et des rues à l'abandon où j'avais l'impression de faire fuir les rares passants. Il m'arrivait alors de m'adosser aux murs d'un immeuble ou de m'asseoir sur un trottoir pour reprendre mon souffle, en marge du va-et-vient des moteurs, des touristes inquiets et des diables chargés de sacs de farine que des portefaix misérables pliés en deux, le visage à l'agonie, tiraient péniblement derrière eux.

Un après-midi très lourd, alors que je me reposais ainsi contre un potelet gris à la fourche d'une rue, un cri est parti du haut d'un immeuble : il a été repris et amplifié par d'autres voix jusqu'à ce qu'un garçon de sept ou huit ans arrive en courant, le t-shirt troué, sous le porche. Une petite corbeille est apparue devant lui au bout d'une longue ficelle, il a échangé les quelques pièces qui s'y trouvaient contre un paquet de cigarettes rouge et blanc, et j'ai regardé la corbeille s'élever jusqu'au cinquième étage, où une main tremblante a surgi d'une fenêtre en bois mordoré, au châssis pourri, s'en est saisie et s'est retirée d'un coup. Après cela, je suis reparti en direction de l'ouest, le front brûlant, et j'ai bien cru que je n'arriverais pas jusqu'au studio exigu qui me servait de chambre. Je me suis affalé sur mon lit de camp, incapable d'endiguer le flot d'idées et de souvenirs confus qui me traversait, me précipitait par instants dans le fauteuil à bascule d'Ada ou le restaurant fantasmé d'Angelo, et devenait au fil des minutes la trame instable de mes rêves.

Décidé à retrouver mon calme, je suis parti à pied un matin en direction de Pouzzoles, mais j'ai commis une première erreur en oubliant de prendre une bouteille d'eau pour faire face à la chaleur. Une fois dans la zone des champs Phlégréens, j'étais déjà accablé par la soif. Je ne trouvais pas de fontaine publique et je suis rentré dans un café pour demander un verre d'eau au comptoir. Le visage du patron me rappelait quelqu'un mais je n'arrivais pas à savoir qui. Il a refusé de me servir sous prétexte que l'eau du robinet n'était pas potable. Cela me l'a tout de suite rendu antipathique et je suis reparti sans rien lui demander de plus. Arrivé en nage dans le port de Pouzzoles, j'ai immédiatement cherché une terrasse à l'ombre où me restaurer. Toutes les tables autour de moi étaient vides et l'intérieur du restaurant était un corridor sombre où je ne décelais pas le moindre mouvement. Une femme âgée, vêtue d'une robe noire, était figée dans un siège sous l'auvent de l'entrée et plissait les yeux à tel point que je la croyais endormie, et je n'ai pas osé lui adresser la parole. Au-dessus d'elle, le nom du restaurant, Portobello, barrait la façade de ses lettres orange et au-delà, la fumée échappée d'une mofette s'élevait lentement dans les airs. J'ai attendu de longues minutes, désespérant qu'on vienne me servir, et au moment où j'allais me lever pour partir, la femme en robe noire, surgie de je ne sais quelle rêverie, a tout à coup ouvert les yeux et s'est déplacée lentement jusqu'à ma table pour me tendre un menu, sans un mot, avant de s'installer à la table à côté de la mienne. Sa présence et ma déshydratation avancée m'empêchaient de comprendre la carte que j'avais sous les yeux : je lisais et relisais les mêmes mots, et ses images grossières me déconcertaient. En arrière-fond, le corps délié d'un calamar écru luisait, suintait presque, à cause des reflets de la lumière sur la couverture plastifiée. Ses dix bras étaient entourés de petits nuages d'encre qui s'étalaient sur la liste des *antipasti*, des *primi*, des *secondi* et des *dolce*, et plus je les fixais, plus je voyais leurs contours changer, s'épaissir, s'allonger, s'accoler, se répandre, se déverser sur toute la page, puis se diviser, s'affiner, s'étirer, et se rejoindre à nouveau en mosaïques mouvantes, trop rapides, incontrôlables pour mes yeux. Je détournais le regard et j'essayais de me convaincre qu'il fallait déguerpir lorsque ma voisine, dont je n'avais même pas remarqué le déplacement, a posé une grande carafe d'eau fraîche sur la table, comme par miracle, et m'a dit, l'air de rien : *Pronto?* J'ai englouti un verre d'eau en tremblant et je me suis confondu en excuses pour demander un délai de réflexion supplémentaire. Cette fois, la serveuse a disparu à l'intérieur du restaurant. Au bout de quelques minutes, j'ai entendu le sifflement d'une *moka*. Le son est devenu de plus en plus aigu ; l'eau s'est mise à bouillir ; ses bulles éclataient dans mes oreilles ; mes tympans s'embrasaient. J'ai fermé les yeux, j'ai respiré profondément, j'ai rouvert les yeux et la vue, à nouveau, du calamar écrasé sur le menu a suffi à me faire bondir. Je me suis précipité dans le café d'à côté, j'ai acheté un misérable bout de pizza, je suis ressorti très vite pour rejoindre la station de métro la plus proche, je suis monté dans le premier train venu et je suis rentré à Naples en écoutant en boucle les mêmes morceaux sinueux, pour ne penser à rien si ce n'est aux routes sans fin du Lake District sur lesquelles j'avais écouté pour la première fois, égaré dans des rêves multicolores, cette musique hallucinée.

*

Les jours suivants, je ne voulais pas quitter ma chambre mais je sentais que j'avais besoin de me dégourdir les jambes et la tête. Après avoir déambulé dans la ville, je me suis engouffré dans un tout petit musée installé dans un cloître pour échapper à une averse soudaine. De grands dessins au fusain sur des papiers calque de cinq mètres sur quatre tombaient du plafond jusqu'au-dessous de mes genoux. Ils étaient dispersés à intervalles réguliers tout autour d'une galerie couverte, m'obligeant à slalomer entre eux à l'aveugle, un nouveau dessin se cachant toujours derrière un autre. J'ai fait un tour et demi avant de me rendre compte qu'il y avait des têtes de chevaux, des chats allongés sur le dos et des chiens en lévitation sur ces grands carrés blancs, ainsi que des tableaux beaucoup plus petits discrètement accrochés aux murs de granite noir, sans doute parce que j'étais fatigué, distrait, très peu disposé à me concentrer sur des images qui me tiraient hors de mes pensées. J'étais aussi importuné par les passages réguliers de l'unique surveillant du musée qui traversait la cour intérieure d'un pas décidé malgré la pluie battante, se faufilait sous une arche du cloître et commençait à me suivre, caché par les papiers calque, son ombre se confondant parfois avec les formes animales qu'il croisait, avant de disparaître par une porte dérobée dans la salle capitulaire et de revenir quelques minutes plus tard pour recommencer. Je me suis arrêté à un angle de la cour, me demandant si j'avais fait quoi que ce soit pour éveiller ses soupçons ou s'il faisait simplement preuve d'un zèle particulier, sans faire attention au sourire de deux enfants qui se trouvaient pourtant sous mes yeux, au centre d'un collage, là, contre le mur. J'ai encore fait un tour complet de l'exposition, cherchant surtout à échapper au surveillant qui revenait une fois de plus, tandis que j'étais entraîné dans un manège de bouches essoufflées et de langues pendantes, de pupilles exorbitées par le tracas ou la surprise, de griffes crochues, prêtes à lacérer les narines frémissantes qui approchent, de fers à cheval jetés dans les airs et de grandes oreilles pointues tourbillonnant en noir et blanc d'un dessin à l'autre. J'ai jeté un œil au-dessus de mon épaule pour m'assurer que le surveillant s'était éclipsé et quand j'ai de nouveau regardé au hasard l'œuvre la plus proche de moi, les deux enfants me dévisageaient : cette fois, je ne pouvais pas les ignorer et à moins d'avoir perdu la tête, il me devenait impossible de ne pas les reconnaître.

Le cadre du tableau était entouré d'une épaisse ligne noire tel un vieil écran de télévision. Son fond était blanc cassé. Plusieurs morceaux d'images brunes, aux contours rognés, apparaissaient en transparence. En haut à droite, je voyais un paon noir qui faisait la roue. En bas à gauche, la façade rouge, légèrement estompée, d'un immeuble moderne de Rome s'élevait, fenêtre après fenêtre, jusqu'à un fragment de ciel. À mesure que je la regardais, je voyais de plus en plus nettement, derrière une vitre, un visage qui scrutait au dehors et se concentrait même sur moi. Au-dessus, le long du lambeau de ciel, était écrit le mot *fine* dans une police de bande dessinée, ronde et joyeuse. Et en plein centre, il y avait, plus transparents encore, Angelo et Ada côte à côte. Angelo se tenait légèrement de biais, l'épaule et le pied gauche avancés, tournés vers l'intérieur, courbés vers le corps dégingandé de sa sœur, qui le dépassait d'une tête. Leurs silhouettes semblaient avoir été découpées d'une photographie et recollées ici, contre ce fond beige et fade. L'adolescente avait la main gauche dans sa poche et sa main droite commençait à se lever comme pour interrompre un mouvement en cours. Son sourire commençait à se tordre. Sa posture résistait comme si elle avait senti, au moment de la photographie, que quelque chose lui échappait. Je reconnaissais ces jambes raides d'écolière, ce visage désuni et l'énigme de ce regard étrangement soucieux. La mine réjouie d'Angelo à ses côtés tranchait avec l'enfant rêveur et souvent retiré en lui-même qu'Ada m'avait décrit, et avec le souvenir incertain des photographies d'un employé de restaurant dans la force de l'âge, qui ne semble jamais tout à fait à sa place et qui préserve un air mélancolique en toutes circonstances, même quand il croit sourire comme les autres à l'objectif. C'est peut-être l'élan de son corps, tourné vers celui de sa voisine, même aimanté, qui le rendait aussi intimement présent que sa sœur. J'ai aussi été frappé par cette sorte de bande au contenu indistinct, un nuage de questions sombres, criblé de ratures, qui s'étendait au-dessus de leurs têtes. Ou par ce minuscule oiseau noir en déséquilibre, tout en haut du tableau, qui déviait sa course solitaire pour échapper à une menace et commençait à s'envoler en dehors du cadre.

Cette œuvre n'était pas signée mais j'étais convaincu, après l'avoir observée de près, qu'il s'agissait du collage de Lou Tamma dont Ada m'avait parlé et que j'avais cherché dans la Galerie d'art moderne de Rome. J'ai voulu poser la question au surveillant mais il était désormais introuvable. La loge de l'entrée où il m'avait d'abord accueilli avec un rictus amusé était déserte et la porte donnant sur la rue était fermée de l'intérieur. J'ai vainement attendu, sous une pluie de plus en plus faible, qu'il refasse une ronde dans la cour. Je suis repassé près du collage pour m'assurer une dernière fois que je ne l'avais pas rêvé, cette fois, les enfants Boetti me narguaient avec leur grand sourire, et j'ai finalement été obligé d'entrer dans la salle capitulaire pour sortir du cloître. Je suis passé dans la nef de l'église adjacente et lorsque la vingtaine de dames plutôt âgées occupant les premiers rangs, qui semblaient, avec leurs foulards gris autour du cou et les mêmes souliers noirs aux pieds, avoir passé la moitié de leurs vies dans la pénombre et la pénitence, ont entonné ensemble une triste antienne, j'ai rapidement quitté l'église, la tête baissée.

J'ai ensuite commencé à errer en me fondant encore une fois dans les défilés furieux qui quadrillaient les vieux quartiers de la ville et portaient les piétons par vagues successives d'un bout à l'autre des longues rues descendantes, à flanc de colline, la perspective sur le pan de mer à l'horizon se réduisant à mesure que j'en approchais. Je me suis laissé conduire jusqu'au port et je me suis frayé un chemin entre les piles de containers et les gargotes minuscules, les odeurs de fioul et l'ombre des paquebots géants. J'ai trouvé un embarcadère modeste, sans bateaux, d'où la vue sur la mer était dégagée, et j'ai plongé dans mes pensées, les paupières fermées sous le soleil désormais tout-puissant, qui repoussait la dépression très loin des côtes. Il était bon de rester là, assis par terre, à contempler le ciel trempé dans l'eau, la mer frisant l'horizon, les éclats blancs de la lumière et Ischia, nuage détaché sur un fond gris. Les mouettes prenaient le large et j'étais si calme que je me suis assoupi plusieurs minutes. J'ai rouvert les yeux à l'approche d'un petit ferry bleu et blanc qui manœuvrait à faible allure devant l'embarcadère. Un homme attendait, accroupi, les coudes sur les cuisses, le menton contre ses poings serrés, à deux mètres à ma gauche. Puis, tout à coup, un matelot a surgi à la poupe du bateau en criant. Il a disparu et est revenu en courant pour jeter par-dessus bord, de toutes ses forces, une corde attachée à une balle de tennis. Elle a rebondi à mes pieds au bout de sa trajectoire parfaite en quart de cercle. L'homme accroupi, que j'avais spontanément pris pour un habitué un peu ahuri du port, assistant pour se divertir au chassé-croisé des bateaux, s'est levé d'un coup pour ramasser la corde et l'attacher à un bollard. Une fois le ferry définitivement à l'arrêt, les passagers ont commencé à débarquer et je me suis pris au jeu de les regarder passer.

En retour, certains regards me donnaient confiance. Je me mettais à croire qu'ils voyaient en moi un ami venu les chercher au terme d'un voyage interminable, qui les prendrait dans ses bras et leur soufflerait des mots chaleureux de bienvenue et d'amour. Je me figurais qu'il y aurait vraiment parmi eux une de mes connaissances qui serait ravie de me voir, ou qui s'attendrait même à ma présence et viendrait me saluer comme si nous nous étions donné rendez-vous quelques jours plus tôt. Un jeune homme pressé, sanglé d'une guitare dans le dos, s'est précipité dans ma direction sans me voir jusqu'au moment où il a trébuché contre mon pied. Une femme de mon âge a continué de me lancer des coups d'œil curieux en s'éloignant et je ne savais plus comment les interpréter. Une toute petite dame, qui avançait péniblement avec une valise à roulettes et trois cabas mal répartis, s'est arrêtée après avoir franchi la passerelle. Elle me regardait avec insistance, un peu agacée, et en profitait pour rééquilibrer la charge qu'elle portait : la poignée de sa valise dans une main, un cabas rempli de provisions sur l'épaule, un autre enroulé autour de l'avant-bras, le troisième dans l'autre main. Elle s'est approchée en marmonnant sa mauvaise humeur, le regard de plus en plus noir, et il a fallu qu'elle me contourne enfin pour que je comprenne ma méprise : un adolescent étourdi se tenait debout derrière moi, les yeux dans le vide, et il n'avait pas vu arriver sa grand-mère essoufflée avant qu'elle ne lui fouette le visage avec un poireau. Les passagers défilaient, soulagés pour la plupart de mettre le pied à terre, contents peut-être de retrouver une ville familière ou de la voir sous cet angle, comme un volcan mort mangé par les vagues de brique, couvert de milliers de petites fenêtres et surmonté d'un monastère orange, enveloppé dans la rumeur d'une autre époque. Ils partaient dans toutes les directions, immédiatement saisis par la joie du mouvement, pour rejoindre les rues pleines et bruyantes, pour disparaître ici et réapparaître là, dans un grand jeu fourmillant réglé à l'avance. Par contraste, les bateaux dans la baie semblaient à l'arrêt même quand ils glissaient tranquillement sur l'eau. En attendant, les membres de l'équipage plaisantaient avec le lamaneur resté à quai, qui tentait de s'allumer une cigarette à l'abri du vent. Un groupe de passagers derrière moi se préparait déjà à embarquer puisque le bateau allait repartir. Et puis, alors que je songeais aussi à m'en aller, l'allure d'un autre passager, peut-être le dernier à débarquer, m'a pris au dépourvu. Je ne savais pas exactement pourquoi. Peut-être étais-je simplement étonné par son pantalon rouge à pattes d'éléphant, sa veste en peau et les bracelets qui lui donnaient l'air fatigué d'une hippie. Ou par ses cheveux blond vénitien qui lui cachaient les oreilles, tombaient dans l'échancrure de sa chemise et ressortaient du bas de sa veste avec des reflets bruns. Ou était-ce l'intonation de sa voix, quand il a glissé quelques phrases aux matelots, qui m'en rappelait une autre, aussi douce et mesurée ? Quand il a amicalement salué le lamaneur, à nouveau accroupi avec sa cigarette en bouche, j'ai compris que je m'étais trompé. Tout cela n'était qu'une illusion, une perception brouillée par les résidus trop solides de ma mémoire, la conséquence de ce voyage trop long. En gagnant le vieux quartier des orfèvres, je me disais qu'il serait sage de se mêler aux autres. Combien de temps avais-je passé seul avec moi-même ? C'était pourtant une idée stupide, une réaction provisoire à ce qui venait d'arriver. J'étais en fait entraîné à rester seul et heureux de continuer dans la même voie. J'ai rejoint une grande rue commerçante et je l'ai remontée en rasant les murs.

Je grimpais les rues du Montecalvario quand la qualité de la lumière a changé. En haut d'une volée de dix marches, les immeubles décrépis autour de moi, remarquables pour leur démesure, se sont couverts d'une poussière jaune chartreuse. Au premier coude formé par la route, un homme gauche, aux cheveux grisonnants, m'a interpellé. Je n'ai pas compris ce qu'il a dit. Il s'est répété en me tendant la paume de sa main. J'ai bredouillé une excuse avant de passer mon chemin. J'ai dû gravir encore cent mètres avant de songer qu'il y avait quelque chose dans ce visage, dans sa façon de détourner le regard, qui m'était familier. Vingt mètres plus loin, j'étais sûr de l'avoir déjà vu quelque part – n'était-ce pas le patron du café de Pouzzoles ? – et j'ai fait demi-tour pour me lancer à sa poursuite. Je le voyais encore qui tournait au coin d'une rue mais quand j'y suis arrivé à mon tour, il avait disparu dans un passage sombre où frissonnaient, perchés sur des cordes à linge au-dessus de ma tête, de gros pigeons blancs. J'ai repris mon ascension, la nuque raide et les jambes lourdes.

Dans le virage où cet homme m'avait arrêté, un miroir convexe grossissait l'entrebâillement d'une fenêtre et j'y ai à nouveau vu, en passant, son visage connu implorer ma pitié. J'ai continué entre les immeubles surélevés, constatant que toutes les fenêtres à ma hauteur étaient grillagées ; j'ai passé la façade décatie d'une église, soutenue par des échafaudages et un filet de chantier vert, qui retenait à peine son fronton de la chute ; par endroits, la ruelle ne faisait qu'un mètre de large, les murs autour de moi se rapprochaient dangereusement et je posais mes deux mains à plat contre leur surface rugueuse pour me soutenir. À l'angle d'un énorme palais, qui pouvait aussi bien être un couvent qu'une usine de damnés, j'ai tourné à droite avant de voir, quelques mètres plus loin, à hauteur d'épaule, le nom Hermann Nitsch inscrit en lettres rouges sur une plaque. J'ai accéléré et pour ne pas perdre pied, j'ai suivi le chemin tracé par les halos des becs de gaz, en les comptant un par un dans la nuit à peine tombée.

J'ai fini par déboucher sur le chaos d'une grande rue en lacets qui descend, avec son cortège de fourgons et d'oiseaux de proie, dans le cœur livide de la vieille ville depuis les hauteurs menaçantes de l'Arenella. La route accidentée, la fatigue et un début de soif me laissaient hésitant, réticent à marcher encore. En tournant à droite, je me suis retrouvé tout petit sous un lampadaire, impressionné par l'ombre géante naissant sous mes pieds et se jetant dans la descente, sur les trottoirs, aux portes des commerces, dans la pierre grise des remparts et sur toute la chaussée, qui virait et descendait encore plus loin. Je l'ai suivie, curieux de la voir disparaître dans l'espace qui séparait les lampadaires, revenir tout à coup et changer de forme : après cinquante mètres, j'ai vu surgir à ma gauche, à l'embouchure d'une rue perpendiculaire qui remontait sur la colline, un monstre vert dessiné sur la façade d'un édifice encore plus monstrueux. J'étais à une extrémité du bâtiment et sa façade principale, criblée de fenêtres à barreaux et protégée par un mur de dix mètres de hauteur, longeait la rue sur plusieurs centaines de mètres. Deux tours coiffaient cette carapace gigantesque, rongée par les traînées noires de verdure, ébranlée par des sons têtus de basse. Je suis entré dans le bâtiment par une porte dérobée et je suis tombé sur une foule de jeunes femmes et de jeunes hommes dans un cloître, excités par une musique de fanfare de plus en plus envahissante, agités sans cesse, recrus de chaleur, nus jusqu'à la taille ou flottant dans de grands t-shirts mouillés. Ils dansaient, ils buvaient, ils chantaient et il y avait dans leurs regards sidérés quelque chose de radieux, qui s'ouvrait complètement. Des petits groupes se formaient et se délitaient au hasard, se reformaient et se déliaient aussitôt. Les murs étaient couverts de graffitis affolants mêlés aux ombres : une lapine grise, la corde au cou ; un ours bleu jouant avec une seringue ; un homme à front large et bec-de-lièvre cherchant à prendre un squelette dans ses bras. C'est un ancien asile, m'a glissé un homme dans un état second, à qui je venais de poser la question. Le vitrage fracassé des miradors perchés aux quatre coins de la cour réfléchissait le rouge des néons. Sur un côté, le cloître donnait sur une chapelle de la Renaissance. Renversée de sa niche, étendue au sol à quelques mètres de l'entrée, le bras séparé du corps tenant le visage de l'enfant Jésus contre le bitume, une statue de la Vierge s'enfonçait sous terre. De l'autre côté, je suis entré dans un hangar jauni par le lichen : sur le mur du fond, des tégénaires et poissons d'argent grouillaient dans les fissures. Un sifflement est rentré dans mon oreille. Quelqu'un me susurrait quelque chose. Mon œil tressaillait sous la paupière. Ma tête vibrait.

Dans le cloître, il y avait une foule encore plus dense et rieuse, et un nombre surprenant de casquettes ou de chapeaux en mouvement au-dessus d'elle. Quelques visages brillaient d'ivresse en passant devant moi. Au bar, certains étaient pliés en deux sur le comptoir, prêts à l'escalader pour faire entendre des commandes que la musique étouffait, comme si les mots prononcés étaient pétrifiés sur le coup, balayés par les ondes, et revenaient réfractés à la modulation suivante, brisant alors d'autres phrases, rompant les dialogues, transformant chaque oreille en une chambre d'écho, laissant chacun, et moi en particulier, dans une confusion totale pendant quelques secondes. Deux éperviers volaient bas autour de la chapelle. Une jeune femme assise, jambes croisées l'une sur l'autre, bague en laiton à chaque doigt, anneau d'argent au nez, qui rehaussait l'éclat de ses pupilles, branche d'olivier tatouée au-dessous de la clavicule, avait l'œil fixé sur le milieu de la cour : était-ce une image, un son, un souvenir d'enfance qui, la traversant, figeait ses gestes, ou cherchait-elle quelqu'un ? J'ai suivi son regard et j'ai aperçu, immobile parmi les danseurs, le même homme croisé dans la rue, qui m'examinait très nettement. Je voyais à nouveau le visage d'Angelo, celui-là même, avec un sourire éteint, qu'Ada m'avait montré en photographie.

J'ai traversé la pièce pour aller à sa rencontre mais – lisait-il mon trouble ou étais-je incapable de formuler des phrases claires ? – il n'a pas semblé comprendre mes questions et m'a délaissé très rapidement. Je l'ai rattrapé, j'ai insisté, j'ai nommé Ada, Patti et Sandro, mais cela n'a eu aucun effet, si ce n'est de l'effrayer, et quand je lui ai demandé un numéro de téléphone ou une adresse, il a définitivement fui. Croyant le poursuivre, je me suis perdu dans le dédale de couloirs, j'ai passé la tête dans des pièces minuscules, pareilles à des cellules sans fenêtre où l'on vit sur les genoux, j'ai frappé aux portes quand elles étaient fermées, j'ai cité son nom devant des corps indifférents, parfois inquiets, qui m'offraient une cigarette dans l'espoir de me calmer, j'ai entendu derrière moi "tu te trompes", je suis revenu dans le cloître, où la fête battait son plein, et j'ai fini par quitter les lieux, à bout de forces, rappelé à la raison par l'acouphène qui redoublait dans le creux de mon oreille. En partant, j'ai cherché la jeune femme tatouée : même sa chaise n'était plus là. Je me suis à nouveau arrêté devant le monstre vert sur la façade. Vêtu du maillot rayé noir et blanc des prisonniers, une main tentant de le déchirer, l'autre brisant la chaîne qui liait ses deux poignets, les yeux révulsés, la bouche grande ouverte autour d'une fenêtre trouant le mur, il criait de rage et d'effroi dans la nuit morte de Naples.

Était-ce vraiment Angelo que je venais de voir ? Je n'avais personne auprès de qui le vérifier et mes propres doutes me paraissaient suspects. Si je racontais ce qui venait de m'arriver, ce sont les autres qui en viendraient à douter sérieusement de moi et commenceraient à croire que j'étais engagé sur une mauvaise pente. J'étais en tout cas suffisamment déconcerté, poussé en avant par le sentiment décuplé d'une urgence, pour me décider à prendre un avion pour Londres le lendemain. Dans les jours suivants, je n'allais cesser de confondre des passants avec Angelo, uniquement parce qu'ils avaient quelques traits communs avec l'image que je me faisais de lui et que cette image était en moi, parasite.

*

En arrivant dans les rues austères de Bloomsbury, peu après midi, je me suis figé à quelques mètres de Vecchia Italia, le restaurant où je m'attendais à mettre un visage sur le nom d'Angelo. Je voyais l'enseigne du restaurant, je voyais l'animation à l'intérieur, par un angle très réduit de la baie vitrée, et je craignais de voir quelqu'un sortir, me surprendre à cet endroit et me poser la première question qui s'imposerait : puis-je vous aider ? Plus j'anticipais cette situation, plus j'étais paralysé. J'ai même songé un instant, en dépit du bon sens, qu'Angelo sortirait, me reconnaîtrait et m'assaillirait de questions, en pointant un doigt accusateur dans ma direction ou en me tournant autour comme un chien curieux. C'était insensé mais j'appréhendais tout simplement de voir ce lieu devenir une réalité tangible, j'appréhendais d'y apercevoir Angelo, de m'approcher de lui et de tomber sur quelque chose d'un peu ahurissant. J'ai attendu encore dix secondes qui m'ont paru une éternité puis j'ai décidé de passer devant le restaurant rapidement pour faire un premier repérage. Je suis passé si vite que je n'ai presque rien vu, si ce n'est le four à pizza, au milieu du restaurant. Je suis repassé plus lentement et cette fois, au-delà des tables occupées par des gens très sérieux, d'une discrétion inquiétante, j'ai vu trois hommes qui s'affairaient devant le four, séparés de la salle par un petit muret qui leur arrivait à hauteur du bas-ventre. Je me suis fait violence pour entrer. Je me suis fait violence pour ne pas tout de suite ressortir. J'ai demandé une table, on m'a invité à patienter un instant, j'ai hésité à fuir. Quand le serveur est revenu, je n'arrivais pas à le regarder dans les yeux. Il m'a proposé une table en fronçant son monosourcil mais je reculais déjà. Il m'indiquait une table dans un angle de la pièce, loin du four, et je me dirigeais vers la sortie, prétextant que je reviendrais une autre fois. Savoir que je pouvais reconnaître certaines des personnes présentes me mettait encore plus mal à l'aise. Le serveur a répété qu'ils avaient de la place tout de suite comme si j'étais chez le coiffeur, j'ai bégayé, j'ai cru me tourner et me retourner plusieurs fois, et lorsqu'un homme au tablier barbouillé de sauce tomate, un couteau à la main, a franchi le muret devant le four pour s'approcher, je suis sorti sans attendre.

Je ne comprenais pas ce qui m'avait retenu mais je refusais de céder à cette angoisse désordonnée. Le soir même, je suis revenu aux abords du restaurant pour faire le guet. Vecchia Italia se trouvait après la naissance d'une fourche qui sépare une rue en deux, et en m'asseyant dans une alcôve extérieure à une église bâtie sur un îlot au milieu de la chaussée, derrière l'abside, je voyais en oblique, sur le trottoir d'en face, quatre tables contre la grande baie vitrée, une forêt de têtes penchées en avant, une fresque au-dessus d'une voûte qui représentait peut-être les Alpes italiennes et, si je me levais et faisais un pas vers la gauche, un portrait en sépia du fameux acteur italien Totò avec un corbeau sur l'épaule. J'ai attendu longtemps, attentif aux vibrations du métro sous mes pieds, à la démarche de plus en plus comique des passants et aux mouvements dans le restaurant, empli d'une lumière trop vive. La consternation que je percevais à la table la plus proche de moi a suffi à me distraire pendant une bonne heure. Un homme avec la serviette nouée autour du cou, qui s'agitait sous son menton comme une fausse barbe, parlait sans arrêt devant une jeune femme au regard affligé, morte d'ennui, qui pouvait être sa fille et qui ne faisait même plus l'effort de se tenir droite contre le dossier de sa chaise. Il gigotait beaucoup et balayait par instants d'une main les serpentins aux couleurs de l'Italie punaisés à la colonne qui se trouvait à sa droite. Quand un serveur s'est approché pour débarrasser, il s'est calmé, il s'est même tu en regardant les tables alentour avec la stupeur d'un nouveau-né, et la jeune femme, d'un geste sec, a bu une gorgée de vin rouge en le toisant avec fierté. Intérieurement, elle riait à gorge déployée et elle avait bien raison. Le serveur s'est éloigné, l'homme-à-la-serviette est reparti de plus belle et tandis que la jeune femme, toujours vautrée, retrouvait son masque d'ennui, elle a étiré ses jambes sous la table et ses chaussures ont glissé de ses pieds avec insolence, décidées à renoncer à cette mascarade, immédiatement et pour toujours.

Avant minuit, les employés ont commencé à sortir. Six ou sept personnes s'attardaient en bavardant et il était difficile de distinguer Angelo dans le noir. Lorsqu'ils se sont dispersés, j'ai suivi deux silhouettes qui partaient en direction de la Tamise et dont l'une m'avait semblé en retrait des conversations. Je suis resté à bonne distance jusqu'au Strand, cette rue de transit et de commerces animée du matin au soir où il ne restait plus à cette heure que des noctambules fatigués par la bière et des bus roulant à vive allure, sous la lumière défaillante des lampadaires. Ces deux ombres timides marchaient vite et je trottinais par moments pour rester dans leur foulée. J'ai hésité à les interpeller parce que je savais que je devrais me présenter, m'expliquer aussi clairement que possible, et je craignais de ne pas réussir à articuler un seul mot. Je ne voyais pas bien comment justifier de les avoir attendus pendant des heures et de les suivre désormais. Finalement, ils se sont engouffrés dans la station de Blackfriars et je les ai imités. J'ai réussi à me fondre dans les rangs clairsemés de la rame et à ne pas les quitter des yeux pendant tout le trajet. Je n'aurais pas pu dire avec certitude lequel était Angelo. Ils habitaient dans une maison de Scylla Road cachée derrière un petit sycomore. Ils ne m'avaient sans doute pas vu derrière eux. Le quartier était mal éclairé et j'avais rusé pour passer inaperçu.

*

La première fois qu'Angelo s'est confié à moi, il connaissait à peine mon nom. Depuis plusieurs semaines, je venais presque tous les jours à Vecchia Italia et il avait fini, comme ses collègues, par s'habituer à ma présence muette. J'avais eu tout le loisir d'observer le train-train du restaurant, les caprices des employés et leurs numéros de charme pour appâter la clientèle. Depuis ma table favorite dans un coin de la salle, je découvrais peu à peu qui faisait quoi, qui tirait au flanc, qui méditait un départ prochain et qui pourrait passer des décennies dans ce décor de carton-pâte au même poste et aux mêmes horaires, cultivant en proportion une apparence de loyauté et une terreur secrète du changement, jusqu'au jour où on déciderait pour eux que leur présence était superflue et qu'il valait mieux quitter cette belle et grande famille. Pour cette dernière catégorie, j'aurais parié sur Pietro, le serveur à monosourcil qui voyait Londres comme un nouvel eldorado, convertissait chaque client en livres sterling et obtenait les meilleurs pourboires, éventuellement sur Andrea, le dernier *pizzaiolo* arrivé, s'il n'était pas porté par sa naïveté et sa façon de se jeter au-devant des ordres à l'épuisement pur et simple, et bien sûr à Natalia, la patronne, parce qu'elle avait le pouvoir. Le restaurant avait parfois l'allure morose d'un navire à la dérive qui attendait la fin des temps, où tout était impeccablement préparé pour un dernier repas – les bougies blanches et nobles, les serveurs immobiles comme des statues dans l'embrasure des portes, le regard de Totò dans son cadre accroché au mur fuyant vers un ailleurs bien plus enviable –, mais en se remplissant, il pouvait facilement basculer dans un joyeux vacarme enflammé par le vin rouge où les serveurs redoublaient d'énergie sous l'œil amusé d'Angelo, battant la mesure avec le bout de ses doigts contre l'acier de sa pelle à pizza, qui, lorsqu'il la tenait à la verticale le long de son mètre soixante-dix, lui donnait l'air d'un violoncelliste dans un trio à cordes, prêt à jouer un bel allegro pour accompagner les coups de fourchettes de plus en plus rapprochés de son audience. Au milieu de la cohue, il y avait toujours quelques habitués arrivés tôt, indifférents au bruit et à la chaleur, mâchant lentement, regardant la salle de travers derrière leurs lunettes de presbytes en attendant l'addition.

Je luttais pour faire abstraction de l'homme-à-la-serviette que j'avais observé depuis la rue le soir de mon arrivée et dont le bavardage tonitruant ne connaissait aucune limite. D'autant qu'il faisait exprès de se rapprocher de ma table un peu plus chaque soir. Il s'appelait Nunzio et rendait en fait visite à Nino, son malheureux cousin chargé de la plonge en cuisine. Il dînait souvent seul, claquait des doigts pour demander de l'eau et du pain et ne se gênait pas pour intervenir dans la conversation des tables voisines. Les couples étaient sa cible privilégiée et s'il arrivait à capter leur attention, il s'en donnait à cœur joie et proférait un nombre d'inepties à la minute qui rendait impossible le moindre début d'indulgence. Surtout, à chaque fois qu'il faisait une blague dont il était content, il se tournait dans ma direction et me lançait un regard complice en souriant fièrement. Le jour où il a commencé à me faire des clins d'œil, j'ai déplacé ma chaise pour lui tourner le dos mais il continuait à brailler, dominant la rumeur de la salle et l'écrasant régulièrement de ses éclats de rire. Pour ne pas l'entendre, je me massais les tympans avec le bout des doigts, en fermant les yeux pour m'imaginer sur une plage déserte à l'autre bout du monde, je me fredonnais intérieurement des mélodies joyeuses, mais bien souvent le combat m'échappait, sa voix parvenait à m'exaspérer complètement au point que je passais le reste de mon dîner à n'entendre qu'elle, à bouillonner intérieurement en me demandant si j'allais lui faire bouffer sa serviette, les touches sonores de son téléphone portable ou les noyaux d'olives ruisselants de salive qu'il recrachait directement dans un tout petit bol caca d'oie.

Un soir où le restaurant était à moitié vide, quand il n'était pas en train d'enfourner et de défourner des pizzas en cadence, Angelo s'affalait en soupirant sur le petit muret devant le four, échangeait quelques anecdotes avec Andrea et Elio, ses collègues *pizzaioli*, découpait des copeaux de parmesan et les partageait avec Malak, la sommelière, ou caressait sa barbe crasseuse de trois jours en bâillant, le poing fermé contre sa hanche, sans se soucier le moins du monde d'être à la merci des regards posés sur lui, depuis cinq tables différentes, le pupitre riquiqui de la réception, l'intérieur des cuisines et le trottoir brumeux. J'étais le dernier client encore dans le restaurant lorsqu'il est venu m'offrir un digestif en s'asseyant à côté de moi, avant d'entamer la première d'une longue suite de conversations, qui auraient toujours lieu à cette même table. Ses collègues étaient déjà en train de partir. Hormis nous deux, il ne resterait plus que Nino finissant la plonge en cuisine avant d'aller se coucher dans la remise à balais, où il dormait de plus en plus souvent pour espacer les soirées qu'il passait avec sa compagne, dans l'espoir de ne pas aggraver le conflit malheureux qu'ils entretenaient depuis plusieurs mois. Son odieux cousin n'avait donc pas non plus d'endroit où loger et ils dormaient tous les deux dans le placard depuis plusieurs jours. Nunzio quittait le restaurant chaque soir comme si de rien n'était et revenait quelques heures plus tard, en douce, par la porte de secours qui donnait sur la cour derrière les cuisines. Personne ne le savait sauf Angelo et Amalia, qui les avait surpris un matin, torse nu, en train de forcer un sac de couchage dans sa housse. L'avait-elle répété à d'autres et le bruit était-il parvenu aux oreilles de Natalia, qui était capable d'improviser un ou deux compliments quand elle voulait recueillir une indiscrétion ? C'était difficile à dire car cette dernière n'adressait jamais la parole à Nino et était de toute façon constamment antipathique. C'était à croire que même si elle l'apprenait, elle réagirait par un mépris encore plus grand, réduisant l'existence même de Nino au rang des broutilles de ce monde. Il continuait, quoiqu'il en fût, à dormir sur place, conscient des risques qu'il prenait, avec ou sans invités.

Angelo commençait à être soûl et me racontait tout cela sans prendre garde à baisser la voix. Dès que je buvais une ou deux gorgées d'amaro, il remplissait mon verre à ras bord. Il était visiblement content d'avoir trouvé quelqu'un pour l'écouter. Il fumait en permanence et ne cessait de se lever pour aller chercher quelque chose dont nous aurions besoin : un cendrier, une deuxième bouteille d'amaro, des carrés de chocolat, une carafe d'eau, le briquet qu'il avait oublié en cuisine en allant chercher le cendrier, et la télécommande de la chaîne hi-fi, qu'il n'a finalement jamais trouvée. Avant de s'installer pour de bon à mes côtés, il a refait un tour complet de la salle, peut-être déjà trop ivre pour se rappeler ce qu'il cherchait, puis il s'est rapproché, m'a regardé et a commencé à me parler, avec une intimité qui m'a d'abord dérouté, d'une personne excessivement spéciale pour sa famille, très proche de ses parents par le passé, qu'il avait très bien connue dans son enfance, qu'il aurait même qualifiée sans peine de seconde mère et qui s'appelait Lou Tamma. Elle s'était éclipsée de leur vie aussi furtivement qu'elle y était entrée, sans explications, pour se cacher ou se séparer d'un monde qui ne la concernait plus, pour se consacrer, peut-être, à une œuvre qui accaparait toutes ses forces, pour s'égarer dans un long voyage intérieur, ou pour se diluer, enfin, dans le bleu immense d'une mer qui la fascinait tant.

Et voilà qu'elle réapparaissait en marge de leur existence, sur la pointe des pieds. Sa sœur Ada avait reçu un coup de téléphone d'un ami d'enfance anglais, un simple appel de courtoisie pour prendre de ses nouvelles, lui parler de ses parents, qui passaient de plus en plus de temps en haute mer, évoquer en deux mots la fanfare qu'il était en train de monter, et puis, alors qu'ils allaient raccrocher, son ami avait dit, sur un ton réjoui qui avait énervé Ada sur le coup, Je suis tombé sur Lou Tamma dans les rues de Margate l'autre jour. Bien sûr, cet ami n'avait jamais vu Lou Tamma de sa vie, d'ailleurs il ne se souvenait pas exactement de son nom – il l'avait d'abord appelée Lucky, puis Lulu –, mais Ada lui en avait si souvent parlé après la mort de son père qu'il avait l'impression de la connaître et se souvenait très bien de la description de son apparence hors normes, et comme il était tout sauf timide, quand il avait vu une dame dans un élégant manteau brodé de pétales rouges faire la queue pour entrer dans la grotte récemment transformée en musée, avec deux zigzags d'or dans ses longs cheveux sombres, il n'avait pas hésité une seconde à l'aborder. Elle s'était présentée comme une vieille retraitée anglaise sans histoire, qui avait rarement quitté son île, et n'avait pas eu de réaction en entendant le nom de Boetti. Elle n'était cependant pas malheureuse d'avoir un peu de compagnie et elle avait entamé la conversation avec le sourire, en réajustant son écharpe grise autour de son cou. Elle avait même accepté que Robin la guide dans les couloirs de la grotte, en lui détaillant les subtilités de ses coquillages, leurs teintes mates ou blanches, les symboles qu'on leur attachait et leurs provenances parfois incroyables. Elle l'avait suivi dans un pub bruyant, rempli de punks à bretelles, où ils avaient été quasiment les seuls à rester assis et à boire des demis. Lorsqu'ils avaient ensuite marché le long de Queen's Promenade, Lou avait commencé à fatiguer, comme si chacun de ses pas emmêlait un peu plus le fil de ses pensées. Elle n'était finalement pas très bavarde, s'était dit Robin, elle ne répondait que par des adverbes songeurs et des *no* sans relief. Et lorsque encore indécis mais prenant de son propre aveu un plaisir fou à jouer au détective, Robin avait fait directement allusion à la mort de Sandro Boetti, Lou avait confessé que son cerveau lui jouait des tours et qu'à son âge, contrairement à une idée souvent admise, la mémoire du passé lointain se détachait par lambeaux entiers. Peut-être était-ce même un acte en partie conscient, car si elle avait occulté certains pans de sa vie et avec eux des êtres extraordinaires, c'était au fond parce qu'elle ne se sentait pas à la hauteur de ces derniers, à la hauteur de ce qu'elle leur devait, à la hauteur exacte de l'amitié qu'ils avaient eue pour elle et qu'elle n'était pas parvenue à leur rendre, avec la même énergie et la même lumineuse constance. Ensuite, Lou avait décliné poliment de passer la fin d'après-midi avec Robin, elle voulait revenir à Londres en autostop et il fallait se dépêcher de trouver une voiture avant la tombée de la nuit. En la laissant seule au bord de la route, à l'endroit où les voitures ralentissaient, il lui avait simplement demandé ce qui l'avait amenée à Margate, et cette fois, sans hésiter, elle avait répondu : Je suis venue chercher des sources d'inspiration. Robin avait pris soin de préciser à Ada qu'il ne pouvait pas être entièrement sûr de lui. Après tout, peut-être qu'il avait simplement passé l'après-midi avec une vieille dame un peu fantasque, qui voulait qu'on s'occupe d'elle. Si elle avait une photo de Lou à lui envoyer, il pourrait néanmoins confirmer au premier coup d'œil que c'était bien elle.

Malheureusement, nous n'avons aucune photo de Lou, a dit Angelo en se tournant vers moi, car elle n'aimait pas ça, elle ne voulait jamais être au centre de l'attention. Depuis qu'Ada lui avait rapporté cette conversation, Angelo ne dormait presque plus, il luttait contre l'impression envahissante que Lou avait profané la vie de ses parents et d'une façon ou d'une autre, hantait toujours la sienne. Il en était en partie responsable car il passait un temps déraisonnable à tracer Lou sur Internet pour si peu de résultats. Il avait seulement appris dans un article de presse la destruction de sa maison dans un incendie. Lou errait-elle dès lors à nouveau comme une âme en peine, désœuvrée, voyageant à Rome, à Turin, sur le Wörthersee, dans le Midi, sur les côtes anglaises et jusqu'à Londres, revisitant tous les lieux de son passé pour remâcher et avaler le temps ? Au cours de ces nuits blanches, à force de se tourmenter avec cette question, Angelo avait toujours Lou à l'esprit. Il en arrivait même à sentir sa présence autour de lui. Il sentait qu'elle rôdait dans la rue, qu'elle rampait dans le salon, qu'elle glissait sur les murs, qu'elle montait l'escalier, qu'elle restait accroupie contre la porte de sa chambre et qu'elle expirait par le trou de la serrure, pendant qu'il gardait l'œil fixé sur la poignée et restait paralysé jusqu'aux premières lueurs de l'aube. Il pensait beaucoup à la mort de son père et à la présence de Lou Tamma ce jour-là. Si elle était vraiment à Londres ou dans les environs, il avait encore une chance de l'interroger sur sa version des faits. Il voulait la trouver. Il voulait savoir. Les jambes croisées, il tirait sur sa cigarette, en tapotait à l'excès le bout au-dessus du cendrier, et lorsqu'il marquait une pause dans une phrase, son visage se durcissait, il tournait nerveusement ses poignets dans les paumes de ses mains et, tout en posant son regard sur ses cuisses puis sur moi, il laissait échapper de sa bouche un petit nuage de fumée. En retrouvant Lou, Angelo et sa sœur pourraient encore ressaisir des souvenirs d'enfance qui semblaient s'évanouir.

Il y avait eu un grand vide dans leur relation, un creux de plusieurs années pendant lesquelles ils avaient été obnubilés par leur travail et s'étaient presque perdus de vue. Angelo faisait alors le ménage dans les trains de la gare de Termini tandis que sa sœur tenait le vestiaire d'un théâtre. Quand ils s'étaient retrouvés, avant le départ d'Angelo pour Londres, avant la mort de leur mère, en 2009, au moment où la maladie soudaine et inexpliquée qui la minait laissait entrevoir un danger mortel, ils avaient dû batailler avec des souvenirs qu'ils avaient cru établis tant qu'ils les gardaient chacun pour soi mais qui divergeaient et s'effilochaient bien vite dès qu'ils les évoquaient l'une en présence de l'autre. Même s'ils en avaient longuement discuté, ils n'avaient jamais réussi à s'accorder sur le moment où Lou Tamma avait rencontré leurs parents, avant de devenir une visiteuse régulière, une amie pourrait-on dire, qu'ils s'étaient habitués à voir surgir dans l'appartement de Garbatella tous les jours, à n'importe quelle heure, les bras chargés d'objets insolites qu'elle présentait systématiquement comme des cadeaux. Ils ne se rappelaient pas non plus précisément quand elle avait quitté l'Albergo Bianco, le grand immeuble aux teintes blafardes qu'ils pouvaient apercevoir depuis la fenêtre de la cuisine, et quand elle avait renoncé à vivre dans la pesanteur inutile de Rome pour aller s'installer à Gaeta, sur la côte tyrrhénienne. Et puis, il y avait cette photographie, qui avait longtemps trôné sur la commode de la cuisine, où on les voyait enfants, surpris par leur propre pose, avec un grand sourire réclamé à cor et à cri par Patti ce jour-là et finalement obtenu au bout de plusieurs tentatives. Lorsque la photo avait été prise, ils étaient embarrassés car ils rentraient à peine d'une de leurs équipées secrètes où ils avaient découvert un trou dans le toit de l'atelier à bicyclettes de leur père. Ils avaient alors pu espionner ses moindres gestes – constater qu'il esquissait de temps en temps quelques pas de danse, qu'il pouvait passer des heures à démonter et remonter le même vélo, comme un petit garçon épaté par les choses les plus simples, et qu'il parlait tout seul quand il n'écoutait pas la radio, engageant parfois un dialogue à voix haute avec Lou, qui était pourtant invisible et tout aussi inaudible – et par un réflexe d'enfants trop sages, ils s'étaient plutôt attendus en franchissant le seuil de l'appartement à rencontrer le courroux de leur mère que sa bonne humeur, ses bras grands ouverts, et son appareil photo, déjà installé sur un trépied. Ils s'étaient aussi disputés sur le moment où Patti et Sandro avaient offert cette photo à Lou, avant qu'elle ne l'intègre à un de ses collages couleur de sable.

C'était le genre de querelle absurde où chacun campait sur ses positions et il arrivait souvent à Ada et Angelo, après s'être mis en colère l'un après l'autre, de se toiser pendant de longues minutes, de se taire et de se retirer, petit à petit, en eux-mêmes. Leur stupéfaction avait été d'autant plus grande, dans ces heures critiques où la mort s'approche à grands pas, lorsqu'ils avaient vu apparaître au chevet de leur mère, sans qu'ils aient cherché à entrer en contact avec elle et sans qu'elle se soit annoncée, Lou en personne. Ils avaient vu la poignée s'abaisser, la porte s'ouvrir, puis le dos tourné de Lou qui entrait dans la pièce à reculons comme si elle craignait de se montrer malgré la pénombre dominante. Son pied d'appui, le pied gauche, orienté vers le dehors, elle avait enroulé sa jambe droite autour de sa jambe gauche, avec le pied pointé dans leur direction mais la tête et le buste toujours orientés vers le couloir, et quand, au bout de trente secondes où Patti ne comprenait pas, où Patti disait qui est-ce ?, où Patti gémissait depuis le fond de son lit, elle avait fait pivoter ses épaules autour de sa jambe d'appui et son visage, son regard clair, les reflets roux de sa chevelure contre le peu de lumière, toute la force nerveuse contenue dans son plexus avaient dévoré l'espace de la chambre, elle avait envahi la pièce et ils avaient cru que Patti les quitterait à ce moment-là, ils l'avaient vue partir, sa poitrine s'était même soulevée un court instant et était retombée d'un coup, Patti cherchait son souffle, Lou approchait, Patti râlait, Lou s'allongeait au-dessus d'eux, Patti tendait ses bras, Angelo et Ada avaient chacun saisi une de ses mains, elle s'était calmée, elle avait respiré de plus en plus lentement, elle avait écouté Lou, ils avaient tous les trois écouté Lou, mais que disait-elle ? Elle s'était approchée de l'oreille de Patti, elle chuchotait et Patti écoutait, et le chuchotement s'était retiré au fond de sa gorge, s'était arrondi, s'était élevé, une voix était montée de sa tête profonde, tissée par les mouvements de la langue, gonflée par le rond des joues, tranchée par la lame des lèvres, Lou chantait et Patti avait fermé les yeux, longtemps, très longtemps, assez longtemps pour que le froid s'immisce sous ses paupières, y givre, y crisse et y demeure.

Si Lou se montrait à nouveau, Angelo et Ada pourraient lui demander ce qu'il y avait dans ce chuchotement, lui poser des questions précises sur la mort de Sandro, et peut-être pourraient-ils renoncer à la solitude du deuil, mettre en partage leurs sentiments confus et, en dernier ressort, les conjurer. Ils pourraient aussi retracer avec elle le passé de leur mère et reconstituer les moments d'une vie à moitié connue, dont Angelo m'a raconté des bribes quelques soirées plus tard, sans pouvoir soupçonner ce que j'en savais et à quel point je brûlais d'en savoir plus. Il était très tard, Nino dormait déjà d'un sommeil de plomb au milieu des balais et Angelo n'avait cette fois pas touché une goutte d'alcool. Si je l'avais laissé seul à cet instant, il aurait continué à parler, coûte que coûte, les yeux rivés sur ma chaise comme si mon spectre buvait ses paroles en hochant la tête.

Patrizia Raggio avait grandi dans une région toute plate de Vénétie, à équidistance de Trévise, Padoue et Venise, où les forêts et les champs cultivés s'étendaient très loin le long d'un fleuve. Les jours de plein soleil, elle pouvait voir les sommets blancs des Dolomites voiler le ciel d'un bout à l'autre de l'horizon. C'était une terre paisible en apparence. Quand l'occupation allemande avait commencé – Patrizia avait dix ans –, on avait fait en sorte de préserver cette apparence. On savait ce qui se passait, évidemment – les bombardements s'entendaient chaque jour –, mais on s'arrangeait, grâce à de petites astuces et à des omissions volontaires, pour éviter le sujet, et surtout dans la famille de Patrizia, pour "éloigner les enfants de toute cette violence". Quand elle n'était pas à l'école avec ses frères et sœurs ou dans les champs à aider ses parents, Patrizia avait pour mission d'aller chercher, avec sa sœur cadette Emilia, de l'eau potable dans un puits, sur la route de Scorzè. Un matin, elle avait coupé à travers champs et était passée, comme d'habitude, derrière la ferme des voisins où un garçon de son âge, le visage révulsé, la bretelle gauche de sa salopette tombée jusqu'au coude, l'avait menacée avec une grenade à la main. Elle ne l'avait pas pris au sérieux et c'est ainsi qu'au début de l'été 1945, la guerre à peine finie, elle avait perdu sa jambe gauche. Dès lors, par superstition, elle avait demandé qu'on ne l'appelle plus que par son diminutif, Patti. Ce que sa sœur, Emilia, n'avait pas saisi, c'est pourquoi le garçon n'avait jamais été inquiété : les rares fois où elle s'était à nouveau aventurée près de la ferme, elle l'avait aperçu assis sur le toit dans la même salopette bleue, une paire de jumelles autour du cou, et quand elle se rappelait son visage alors, elle revoyait toujours ses lèvres trembler de plaisir.

D'après Angelo, Patti était arrivée seule à Rome avec sa béquille, à l'âge de dix-huit ans. On lui avait fait comprendre à plusieurs endroits qu'elle ne serait embauchée nulle part mais elle avait fini par trouver un poste de standardiste téléphonique via Merulana. Elle travaillait aux côtés de vingt-cinq autres femmes dans une grande pièce de cinq mètres de hauteur sous plafond, où les commutateurs occupaient toute la largeur des murs et où, par la fantaisie de leur installation, les cordons de chaque standard, au lieu d'être soigneusement séparés les uns des autres et attachés à des contrepoids à l'arrière des machines, quadrillaient le mur blanc d'ovales et de ronds asymétriques. Les horaires étaient très stricts, les pauses chronométrées, et si Patti ne s'était pas liée d'amitié avec sa collègue Chiara, elle aurait cherché un travail de dactylographe ailleurs. Après une journée de travail, elles partaient systématiquement se promener toutes les deux, au rythme claudiquant de Patti, dans les jardins tout proches du Colle Oppio. Elles repensaient peut-être aux appels manqués, aux câbles mal insérés dans la prise jack correspondante, aux clients impatients qui raccrochaient trop vite et aux lampes qui s'éteignaient parfois avant la fin d'un appel, elles repensaient sûrement aux malentendus jamais éclaircis et aux remontrances ou encouragements de leur supérieure, qui surveillait leurs paroles et leurs gestes du matin au soir, postée sur un tabouret surélevé derrière elles, et elles peinaient sans doute à se parler. Ce qui était attachant dans ce parc où Patti emmènerait souvent ses enfants des années plus tard, c'était son aspect de plus en plus chétif, ses pelouses assoiffées aux bordures orange, et la petite guérite où un vieux couple déformé par l'âge semblait servir des cafés et des glaces depuis toujours, quand il n'était pas endormi sous le comptoir. Patti s'asseyait avec Chiara sur l'un des bancs alentour et regardait les ruines enfouies sous les arbustes et les feuilles de palmiers. Devant ces murs rétamés, elles pouvaient alors discuter de leur travail, de leurs collègues, de leurs familles qui étaient restées dans un autre monde, près de Scorzè comme dans les collines d'Ombrie, et leur conversation pouvait prendre des accents mesquins, lourds de frustrations et de fantasmes, entachée selon Angelo par cette hantise de la mort qui parle parfois à notre place, ou elle pouvait au contraire s'alléger, s'en remettre à des convictions joyeuses et suivre le fil ténu de ce qui pousse la vie en avant, l'irruption imprévisible de l'amour, la révolte et la curiosité insatiable pour l'inconnu. Ensuite, Patti et Chiara repartaient le long du chemin en arc de cercle, légèrement incliné, qui donnait sur la façade du Colisée, à l'endroit où le mur d'enceinte chute à pic, et elles sautaient dans un bus qui les ramenait, au couchant, dans le quartier industriel d'Ostiense.

Patti avait ainsi vécu pendant dix ans avant de faire voler en éclats le point fixe de sa vie. Elle était devenue petite main dans un aéroport militaire, où son travail consistait à coudre des étoiles et des écussons sur des vestes, puis habilleuse dans une maison de couture, caissière dans un bar du centre, vendeuse de billets à l'entrée d'un musée, et cuisinière dans un palais colossal, inoccupé la plupart du temps. Vers 1967, elle avait déménagé à Garbatella, avait rencontré Sandro Boetti, l'avait accueilli chez elle de temps à autre, était devenue coiffeuse et avait remodelé une bicyclette pour pouvoir s'en servir à son aise avec une seule pédale. On la prenait pour une illuminée lorsqu'elle roulait ainsi sur les rues pavées, avec sa béquille en bandoulière, pour rendre visite à ses amis mystérieux, mais elle s'en moquait. Cela plaisait beaucoup à Sandro qui lui avait proposé de venir travailler avec lui dans son atelier. Elle avait bien compris qu'il voulait officialiser quelque chose. Elle avait hésité. Quand il abordait le sujet, elle bottait en touche. Que dirait-on ? Il faudrait se marier, cela ouvrirait d'autres questions, parfois sournoises, souvent désagréables. Elle avait hésité mais elle avait dit non. Elle voulait continuer à couper des cheveux. Pendant quelques mois, Sandro était fâché. Des doutes étaient apparus. Leur relation avait tangué. Et puis un jour, Patti avait finalement invité Sandro à s'installer définitivement avec elle, au rez-de-chaussée de l'Albergo Rosso, une sorte de cathédrale de logis ouvriers d'une envergure fantastique, surmontée d'une horloge en panne.

Bien plus tard, vers 1980, quand Sandro avait proposé à Patti de rendre visite à Lou Tamma au bord de la mer, Patti avait à nouveau décliné. Elle voulait profiter de l'occasion pour inviter ses collègues et ses voisines à la maison, leur ménager, pour quelques heures, un espace clos, sans intrus et sans enfants, où elles pourraient dénouer et renouer leurs tresses, délier leurs langues en buvant, se donner du courage et prononcer des phrases auxquelles elles n'osaient même pas penser en temps normal. Sandro s'était donc retrouvé à conduire seul les jeunes Ada et Angelo en voiture jusqu'à Gaeta. Ils avaient grimpé à pied la route qui partait de la ville et permettait d'accéder à la maison, perchée au bord d'une falaise, plusieurs centaines de mètres plus haut, dans les recoins broussailleux d'une réserve naturelle. Lentement, ils avaient laissé derrière eux des échoppes tenues par des gamines et des bosquets de chênes verts. Puis ils avaient marché plus près du vide, là où le chemin devenait plus étroit et plus sec et où, entre deux rochers, surgissaient les fleurs dorées d'une férule ou le ventre dodu, palpitant, d'une salamandre. Ils avaient parfois marqué une pause pour regarder l'arrivée des parasols sur la plage au loin, une église blanche enclavée dans les rochers, les grandes crevasses creusées dans la montagne, et mesurer la distance qui les séparait encore de la maison. Il n'y avait personne sur ce chemin, si ce n'est un groupe d'enfants qu'ils avaient surpris en train de jouer au foot en criant sur un carré de terre. Dès qu'ils avaient vu les trois visiteurs, ils s'étaient pétrifiés, l'un d'eux avait ramassé le ballon pour le caler sous son bras, et ils avaient regardé passer ce cortège inédit en silence, comme s'il apportait de mauvais augures. Angelo s'était figé à son tour, fasciné par cette soudaine gravité chez des garçons de son âge, et Sandro avait dû rebrousser chemin et le tirer par la manche pour le faire avancer.

En arrivant légèrement désorientés devant la propriété de Lou Tamma, ils avaient dû sonner une cloche plusieurs fois devant la grille d'entrée. Ils avaient attendu de longues minutes pendant lesquelles ils avaient observé la façade de ce mas encore ombragé aux deux tiers, son crépi moucheté de briques bleues, ses rangées de fenêtres sur deux étages, les volets successivement ouverts et fermés, et ils s'étaient interrogés à voix haute sur les cages d'escargots alignées dans la cour et gagnées au fil des minutes par les rayons du soleil. Aux angles de la maison, des abeilles charpentières bourdonnaient dans les buissons de lavande et repartaient très vite dans toutes les directions. La porte de la maison avait fini par s'ouvrir et un jeune homme aux cheveux très longs, qui portait un *kurta* rouge, en était sorti. Il s'était avancé prudemment jusqu'à la grille, pas tout à fait en ligne droite, l'avait ouverte en se présentant sous le nom de Stein et avait précisé que Lou était en train de se préparer. Ils l'avaient suivi jusqu'à la maison et en entrant, ils avaient tout de suite été entourés par un dédale de passages et de constructions difformes, des placards sans fonds et des fausses fenêtres, des claustras et des chatières, des stalactites en carton et des solives de cristal, des bougies accrochées aux murs et des flèches suspendues comme des mobiles, des tapis de cendres et des grillages en bois au travers desquels ils voyaient des pierres grises polies par l'eau ou des fleurs séchées, déposées sur l'émail bleu d'une volée d'escalier qui ne menait nulle part. En se perdant dans ce labyrinthe à plusieurs dimensions qui débordait dans toute la maison, ils s'étaient tus complètement, ils n'avaient plus osé se regarder, quelque chose en eux avait peut-être commencé à se resserrer. Malgré les brèches ici ou là, il y avait partout un désir de combler les vides, d'encombrer les couloirs, de saturer l'espace et de contenir dans cet intérieur les traces du passé, le souvenir des absents et les fragments de paysages subtilisés au dehors. Ils avaient imité Stein en se contorsionnant pour se glisser d'une pièce à l'autre, sous les arches, à travers la fente des cloisons, et ils avaient alors aperçu des branches-araignées coincées dans des filets de zinc tendus entre deux poutrelles, un violon entièrement composé d'allumettes exposé dans son étui, un Scaramouche debout sur un présentoir à bijoux, qui flottait dans ses habits noirs, des empreintes de doigts sur des plaques d'argile encerclant une porte, des coupures de presse enroulées sur elles-mêmes et glissées dans les ouvertures d'un mur, toutes sortes de compositions étranges fabriquées avec des matériaux récupérés qui s'infiltraient dans le plancher, cabossaient les armoires, voilaient les fenêtres et creusaient des sillons bleus sous la couche de peinture blanche recouvrant le sol et le plafond.

Avant de se retirer, Stein les avait menés jusqu'à une voûte tapissée de collages, où des plumes de paon se superposaient à des roues de vélo tournant dans le vide, des mèches de cheveux roux couraient comme le lierre sur la façade d'un immeuble bleu ciel, et des oiseaux minuscules, perchés sur les dents d'un peigne, scrutaient les plaines fauves dessinées par terre. En découvrant, collé au mur, un portrait de leurs parents main dans la main, les yeux plissés par le contre-jour, souriant et grimaçant à la fois, Angelo et Ada avaient tout à coup pris conscience que cette alcôve était consacrée à leur petite famille, et ils s'étaient mis à commenter chaque pan de mur avec leur père, en s'amusant de plus en plus, jusqu'à ce qu'apparaisse, au détour d'une colonne, l'ombre tranquille de Lou Tamma. Elle avait soulevé ses cheveux au-dessus de sa tête avant de les laisser retomber sur ses joues, le long de son manteau rouge et jusqu'à ses genoux. Elle avait attentivement regardé ses hôtes et les avait salués en inclinant légèrement son front. Puis elle les avait guidés à travers d'autres pièces en expliquant que ce travail d'assemblage, qui n'était au départ qu'un collage sur un pan de mur, avait petit à petit requis toute son attention. Elle l'appelait la *"camera blu"* car le bleu était pour elle la couleur la plus neutre qui soit, celle qui domine mais ne signifie rien ou qui signifie tout à la fois : l'horizon, le transparent, le délavé, la mer, le deuil, le froid, le ciel, le profond. Le bleu est presque invisible dans cette maison mais il arrive pourtant à s'immiscer dans tous les coins, il éclaircit les autres couleurs et s'en nourrit : c'est la couleur que nous avons inventée pour détruire la nature. Pendant que Lou Tamma disait cela, Stein avait à nouveau surgi d'un rideau blanc, entre deux alcôves, et écoutait discrètement. Quand Angelo les avait vus côte à côte, il avait été frappé non seulement par la ressemblance de leurs corps déliés mais aussi par la grande précaution de tous leurs gestes. Ils semblaient fatigués mais aux aguets, peu habitués à une présence étrangère chez eux. Même s'ils avaient consenti à cette visite, ils se rendaient peut-être compte qu'elle venait briser la routine bien établie de leur travail quotidien : c'était le début d'une inquiétude.

Cette chambre bleue avait pris de telles proportions qu'elle exigeait précisément un soin toujours plus grand. Lou sortait moins parce qu'il y avait souvent une brèche à colmater, une vis à remplacer, un détail à retoucher. Elle veillait. Quant à Stein, tous les matins, il partait avec un bâton de marche et une brouette sur les sentiers qui longeaient la côte jusqu'à des criques reculées, et il y chargeait tout ce qu'il trouvait pour alimenter la *camera blu*. Au fil du temps, cette occupation avait suscité la curiosité et il n'était pas rare que les enfants du coin ou quelques autres voisins désœuvrés le suivent et l'aident dans sa tâche incongrue. Des habitants l'avaient pourtant mis en garde un jour car on le soupçonnait de vols et de pillages : on avait même crevé une des roues de sa brouette et il avait dû rester enfermé avec Lou pendant plusieurs mois pour se faire oublier. Après cela, pour ne pas se faire remarquer mais aussi pour répondre aux demandes toujours plus variées de son amie, qui ne voyait en fait pas de limites à la construction de la *camera blu*, sinon celles de sa propre vie, Stein avait poussé ses collectes bien au-delà de la région. Lorsque Lou avait besoin de feuilles de palmier, d'aiguilles de pin ou de déchets aussi communs que des canettes en aluminium et des coquilles d'œufs, il suffisait à Stein d'écumer les villages environnants à bord de sa Fiat 500 mais quand elle demandait des blocs de marbre et des vêtements usagés, il devait aller jusqu'aux villes moyennes de Sabaudia et Latina, au nord. Si elle voulait du basalte pour consolider un mur, Stein remplissait le coffre à ras bord de pierres de pouzzolane ramassées dans les champs Phlégréens. Et quand Lou lui demandait des journaux, des magazines de mode en papier mat, des antennes télé, du collagène, de la cire, du lithium, des grille-pains et des grands ressorts en fil d'acier, il s'aventurait alors parfois à Naples en camionnette, plus souvent à Rome, et fouillait les tas d'ordures dispersés sur les trottoirs, attendait patiemment la sortie des poubelles derrière les studios de Cinecittà ou allait directement au marché aux puces.

Lou avait mené Sandro, Ada et Angelo jusqu'à un salon aux murs également couverts d'une mosaïque de visages et de phrases, parfois séparés les uns des autres par des éclats de verre incrustés ou par des pointillés rouges dessinés au feutre, – la seule pièce où il était possible de s'asseoir à plusieurs, où une table ronde tournait lentement sur elle-même, au centre de la pièce, et où un chat endormi, étendu de tout son long entre deux grands fauteuils, les quatre pattes écartées, était comme mort et dépiauté. Elle avait enlevé son manteau et dévoilé ainsi l'espèce de chemise scintillante qu'elle portait en dessous, bordée de liserés d'argent et fermée jusqu'au col. Stein avait rempli cinq tasses d'une infusion au gingembre et les avait posées sur la table, désormais arrêtée. Lou s'était assise la première, en concédant qu'elle supportait de plus en plus mal les attentes du monde extérieur. Plus elle restait cloîtrée, plus elle sentait ces attentes grandir et ses propres capacités diminuer. Les étés orageux qui se rapprochaient et se ressemblaient de plus en plus, les maisons qui tombaient en ruine, l'aspect changeant de la mer Tyrrhénienne, qui virait au saumâtre de plus en plus souvent dans l'année, les regards éberlués des enfants du village, même un simple bonjour du voisin : tout la troublait. Elle avait aussi peur du feu. Dans le climat très sec de la région, il suffisait d'une étincelle et d'un grand coup de vent pour noircir des flancs de colline entiers et des hectares de forêt. Chaque année, les flammes chancelantes, poussées par les vents, s'approchaient un peu plus de la maison, laissant une terre brûlée à des kilomètres à la ronde. L'été précédent, Lou et Stein avaient vu un couple de grives tracer des sillons désespérés, tournant sur eux-mêmes pour tenter de revenir vers le nid abandonné, battant des ailes de plus en plus rapidement, mais le feu avait redoublé, le piaillement des poussins s'était aiguisé, la branche sous le nid avait ployé sous la pression de la chaleur et les trois oisillons, incapables de voler, étaient tombés dans les vagues de feu une dizaine de mètres plus bas. Lou et Stein avaient descendu la falaise en rappel, s'étaient glissés dans l'eau et avaient nagé côte à côte pendant longtemps. Lorsqu'ils s'étaient retournés pour voir la colline embrasée de loin, le feu avait cessé et ils avaient pu distinguer la maison, citadelle assiégée quelques heures plus tôt, intacte au milieu des pins. Les grives se regroupaient alors en escadrilles fragiles pour fuir vers des terres plus hospitalières. Le seul endroit où, en de rares occasions, Lou se sentait bien, quand elle n'était pas ici, dans sa *camera blu*, c'était dans la mer, lorsque le courant l'entraînait et qu'elle plongeait la tête sous l'eau, tout heureuse de découvrir une autre chambre bleue, merveilleuse et terrifiante, sans limites. Quand Sandro lui avait demandé s'il n'y avait pas de quoi devenir folle à vivre ainsi, Lou avait répondu qu'elle avait si peu de temps devant elle. *Continuiamo allora a giocare fino a quando la morte ci verrà a cercare. I pomeriggi d'inverno, vi è una certa inclinazione di luce che opprime, ma continuiamo, continuiamo.* Angelo avait été frappé par le ton tout à coup sibyllin de leur hôte mais en repensant devant moi à ces phrases de Lou, il avait fini par les comprendre et par être d'accord avec elle : nous avons si peu de temps, alors nous continuons. Même quand l'inclinaison de la lumière nous oppresse certains après-midi d'hiver et que nous voyons la mort à la fenêtre, nous continuons. À jouer. À vivre. À jouer pour vivre.

*

Angelo m'a invité à venir chez lui. C'est que je t'aime bien, a-t-il dit, tout simplement, en tapotant sa pelle à pizza. J'habite avec Andrea et Malak mais ils sont rarement là, on sera tranquilles. Un calme plat régnait sur le restaurant ce soir-là et je crois bien que ça l'a mis de bonne humeur. Natalia s'était retirée à l'étage avec Merlin, le sous-chef irlandais, officiellement pour trier des factures. Nino fumait une cigarette avec Elio et Andrea dans l'arrière-cour et leur racontait que le détergent utilisé pour la plonge lui abîmait les mains. J'entendais tout. Pietro faisait grise mine en vidant les pièces de ses poches. La semaine avait été mauvaise, les pourboires indécents. Il t'a invité à la maison ?, m'a demandé Malak, en croquant un biscuit aux amandes. C'est qu'il t'aime bien.

Tout de même, j'ai été surpris par cette invitation. À vrai dire, j'étais très gêné qu'Angelo ne sût toujours pas qui j'étais. Il était bien plus facile de le garder à distance ici, en l'écoutant ou en l'observant depuis un coin douillet du restaurant, confortablement installé à ma table de prédilection. Il avait même laissé entendre que je pourrais un petit peu lui parler de moi. J'avais trouvé ça osé, même un peu présomptueux. Qu'est-ce qui lui faisait croire que j'avais envie de lui parler de moi ? Si j'allais chez lui, c'était au contraire pour l'écouter, j'étais sûr qu'il était loin de m'avoir tout dit, en particulier au sujet de Lou Tamma, que j'imaginais quelquefois passer la porte du restaurant en silence et plonger chacun d'entre nous dans un envoûtement délicieux. J'ai failli me défiler car je ne voulais surtout pas me trouver acculé. Et puis je me suis figuré l'intérieur de sa maison. À quoi ça pouvait bien ressembler ? Dans le fond, je ne pouvais pas le nier, j'étais très curieux et même ravi d'aller chez lui. Alors, j'ai adopté le ton le plus innocent possible et j'ai dit d'accord, tu habites dans le coin ?

Le samedi suivant, j'ai pris le train en direction de Nunhead depuis la gare de Victoria, au cœur de Londres. Au moment où mon wagon cessait de trembler sur ses essieux en s'engageant sur un pont, j'ai aperçu la Tamise à marée basse, les gratte-ciels en aile de mouette de Nine Elms, à peine construits sur une piteuse plage de sable brun, les grues qui pullulaient sur les deux rives et grattaient les nuages, puis les quatre cheminées de Battersea Power Station, l'immense friche déserte tout autour de ce colosse de brique rouge qui serait rapidement comblée par une frénésie de construction toujours plus forte, quelques immeubles en verre poli, à hauteur des rails, dans lesquels je pressentais aussi bien une légion de salariés tapant furieusement sur le clavier de leur ordinateur que des pièces vides éclairées au néon, tout défilait rapidement, les garagistes bleu-gris qui plongeaient leurs têtes dans le capot ouvert des voitures, les piétons et les piétonnes qui apparaissaient sur le trottoir en contrebas et disparaissaient aussitôt sous le chemin de fer ou se précipitaient dans les épiceries et les *one pound shops* de Peckham Rye, le récif infini de maisons basses qui avaient pris, par une lente asphyxie, les mêmes teintes mates et donnaient au sud de Londres l'aspect du corail, et quand je cessais de regarder au dehors, je ne pouvais m'empêcher d'épier, dans le reflet de la vitre, un homme fourbu à quelques sièges du mien, aux joues mangées par la couperose, dont la posture indiquait une euphorie croissante et qui semblait l'exprimer par des gémissements très faibles, étouffés par le roulis régulier du train. Peut-être était-il capable d'oublier la ville, comme s'il n'y avait rien autour de lui, ou rien de spécial, ou des rues qu'il connaissait déjà et qui le laissaient en paix. Peut-être se contentait-il de longs soliloques sans se soucier du monde extérieur. Pour moi, c'était différent : une avidité très particulière, proche de celle que j'avais éprouvée à Rome en attendant les retours d'Ada, mêlée à je ne sais quelle appréhension, rampait à l'intérieur de mon corps.

Quand je suis arrivé devant la maison, les rideaux étaient fermés au rez-de-chaussée comme à l'étage. J'ai sonné. En vain. J'allais sonner une deuxième fois, pour voir, quand quelqu'un m'a effrayé en passant derrière moi, dans le feuillage rouge du sycomore. Un chemin étroit passait entre la maison voisine et celle-ci, je l'ai suivi et je suis arrivé devant un enclos de piquets et de lys. L'arrière de la maison était couvert de lierre et par la fenêtre, j'ai aperçu les aiguilles suspendues d'une pendule en bois. À côté d'elle, contre le mur, une bougie éteinte était posée sur un secrétaire. J'avais déjà enjambé l'enclos et je me trouvais maintenant assis sur une chaise en plastique, à scruter tantôt l'intérieur du salon par la grande baie vitrée, tantôt les minuscules agitations du jardin. Un bataillon de fourmis s'organisait dans les débris de la terre pour porter des vivres au-delà d'un banc de fleurs. Un papillon est passé devant moi, puis un deuxième qui semblait suivre le premier, le convoiter, l'amadouer en tout cas, s'amuser de leurs trajectoires croisées et me divertir par la même occasion en faisant le yoyo. J'aurais pu rester là plusieurs heures, satisfait de ce que je voyais, mais la baie vitrée qui donnait accès au salon était entrouverte. Je suis entré et avant de refermer derrière moi, j'ai attendu quelques instants, immobile, à l'affût du moindre bruit. Une tasse brunie par un fond de thé, en équilibre précaire sur l'accoudoir d'un fauteuil, témoignait d'une présence récente, mes premiers pas d'une prudence peut-être exagérée, dont j'aurais pu me débarrasser en demandant à voix haute s'il y avait quelqu'un. Mais le silence m'enveloppait doucement et j'avais l'impression d'être seul. J'ai fermé les yeux quelques instants pour goûter cette tranquillité. Il y avait des kilims sombres au sol et sur les murs, des miroirs de tailles différentes, trois fauteuils en cuir disposés en triangle au centre de la pièce, et des abat-jours flottant sous le plafond, telles des méduses éclairant la pièce de leurs lueurs fragiles. Le salon descendait légèrement et débouchait sur une cuisine au dallage en damier, beige et gris comme la cendre. Par l'embrasure de la porte, je ne distinguais qu'un torchon desséché sur un coin de table, un bout de tuyau qui pendait au-dessus de l'évier comme le bras d'un bébé et une fenêtre opaque, voilée d'un vernis blanc, qui laissait seulement entrevoir le manteau violet d'un pigeon, pelotonné contre la vitre. J'ai avancé jusqu'au pied de l'escalier, dans l'angle de la pièce. De là, j'apercevais deux portes fermées à l'étage, de chaque côté du palier. Arrivé en haut, j'ai entendu quelque chose, un bruit très léger qui suggérait un mouvement quelque part dans la maison, puis le miaulement d'un chat. Je me suis retourné et les yeux vairons d'un animal parfaitement statique me fixaient depuis la pénombre d'une chambre, au bout d'un petit couloir. Je me suis approché du seuil de la porte, j'ai allumé la lumière et la bête s'est sauvée à toute vitesse, passant entre mes jambes et hors de ma vue. Je suis revenu vers une des deux portes fermées, à quelques pas de l'escalier. Angelo était-il là ? Y avait-il quelqu'un ? J'ai saisi la poignée. Je l'ai tournée. C'était fermé à clé. Je frappais à l'autre porte quand j'ai à nouveau entendu le chat miauler. Je suis descendu pour le chercher. Les pales d'un ventilateur au plafond ont commencé à fendre l'air. Tout autour, les abat-jours tremblaient et leur lumière chatoyait un peu plus, en rendant tantôt plus clairs tantôt plus obscurs le mauve et le brun des kilims. De retour au milieu du salon, je ne savais où poser les yeux et j'ai rapidement été pris d'une sensation d'engourdissement. Les murs ont commencé à tourner, à changer de dimensions, à se dilater et à se rétracter successivement. Les taches de mercure pétillaient au centre des miroirs. Mon reflet n'y apparaissait qu'estompé. Le sol se pulvérisait sous la plante de mes pieds et prenait même la consistance d'un sable mouvant, qui se creusait à un endroit et gonflait à un autre, qui s'enroulait autour de mon pied et s'engouffrait dans les profondeurs. Ça n'était pas du tout désagréable, au contraire, mais j'étais paralysé, incapable de me fixer sur quoi que ce soit de stable, comme si ma vue me jouait un tour, fatiguée de la concentration que j'exigeais d'elle dans la plupart des circonstances. D'autres yeux s'ouvraient dans les tapis, des sourires s'évasaient, des ailes se déployaient, les crochets encastrés les uns dans les autres se retournaient en ancres attirées à toute force par un brouillard de bulles qui remontaient en sens inverse d'un gouffre invisible, vibraient dans ma colonne vertébrale, ma nuque, mes oreilles, puis bourdonnaient dans tout mon corps en même temps, et j'avais l'impression de m'enfoncer à mon tour. Je surnageais entre la pendule à la renverse, bloquée quelques minutes après midi, le secrétaire enfoui sous les rochers de papier, les tapis colorés, glissant comme des raies électriques sur le sable, et les accoudoirs des fauteuils rappelant les troncs d'un radeau ficelés les uns aux autres, tour à tour submergés et recrachés par les vagues. Si je fixais trop longtemps la bougie éteinte sur le secrétaire, j'avais la sensation qu'on cherchait à l'allumer, quelque part à l'horizon. J'étais prêt à jurer qu'une flamme jaillissait par intermittence de la mèche, comme la lumière d'un phare, avant de s'éteindre et de plonger à nouveau cette partie du mur dans l'obscurité. Car la nuit tombait déjà, comme si j'étais resté là depuis plusieurs heures. Le chat n'était pas encore apparu ou alors à une grande distance, dans le reflet le plus infime du miroir le plus minuscule. Étais-je vraiment chez Angelo ? Je commençais à douter de tout, y compris des pensées que mon cerveau inventait pour me rassurer. J'avais pourtant reconnu le sycomore rouge devant la maison. M'avait-on tendu un piège ? N'aurais-je pas dû retourner dans le jardin pour retrouver mon calme ? La chaise en plastique où j'étais assis plus tôt me paraissait pourtant très loin. La maison elle-même se déplaçait à la recherche de quelque chose. Mes yeux affamés se posaient sur les trois silhouettes qui conspiraient autour du portemanteau, sous l'escalier, sur le garde-fou en bordure des marches, qui tournait sur lui-même comme la rampe d'un escalator, planant jusqu'à l'étage et redescendant d'un coup au rez-de-chaussée, à nouveau sur la flamme riante tout en haut de la bougie, courant sur la courbe de la mèche avant de se jeter dans le vide, puis sur un doigt enterré dans un talus de cigarettes fumées jusqu'au filtre, qui remuait au fond d'un cendrier. Le ventilateur au plafond tournait à toute vitesse dans mes yeux, je ne distinguais plus ses quatre pales, seulement son gros œil sauvage fixé sur moi. J'ai regardé à nouveau le cendrier : il était sur une table basse, à hauteur de mon coude. J'ai regardé mes pieds, ils pointaient vers le plafond. J'étais assis dans un des trois fauteuils depuis je ne sais combien de temps. Le cuir et le tabac froid titillaient mes narines. Je me suis levé dans un effort pour m'ancrer dans le sol, mes jambes pareilles à des colonnes soutenant l'édifice tremblant où j'enfermais ce vertige, cet accroc, cette enveloppe déchirée sur le dessus d'un rêve. Il m'a fallu encore plusieurs longues minutes pour me rapprocher enfin de la baie vitrée, y coller mes mains, ma bouche, mes yeux et chercher dans la nuit un point lumineux qui aurait la force de me tirer de là. Les aspérités diminuaient devant moi, mon regard s'équilibrait au ras des buissons, j'allais même sortir quand j'ai encore senti un chuchotement dans mon dos. Ah, tu es là. Angelo se tenait debout, en haut de l'escalier, un sourire à peine discernable au coin des lèvres. Pardon, je ne t'avais pas entendu, a-t-il ajouté en descendant les marches, je dormais profondément.

*

Je crois que je vais quitter la pizzeria, a dit Angelo en soufflant doucement sur le thé noir qu'il tenait entre ses mains, tandis que je reprenais à peine mes esprits dans le fauteuil en face de lui. Je passe mes jours libres dans un état de fatigue avancée. Je vis de plus en plus comme mes parents. Je me souviens qu'après la mort de mon père, je ne voyais quasiment plus ma mère car elle travaillait tout le temps, de jour au salon de coiffure, de nuit comme infirmière. Et ma sœur qui doit remplacer ses collègues au pied levé alors qu'elle n'est pas toujours d'aplomb. J'ai l'impression que dans cette famille, nous ne savons pas faire autrement que de nous tuer à la tâche.

En six ans, Angelo était devenu un *pizzaiolo* indispensable dans son restaurant, sans jamais rien demander, sans rien exiger, en restant au contraire aussi discret que possible, parce qu'il n'aimait pas faire de vagues mais aussi parce qu'il avait peu à peu intégré que c'était ce qu'on attendait de lui. Tant qu'il était assidu, on ne lui reprocherait pas cette réserve, elle passerait, à la limite, pour du dévouement. Un soir, Natalia s'était approchée du four avec un sourire inhabituel en plein milieu du service, lui avait posé les mains sur les épaules – elle qui donnait généralement l'impression d'éviter les marques d'affection – et lui avait annoncé qu'il n'aurait plus jamais à trancher un seul champignon blanc. Comme Dario partait, sa place serait désormais près du four. Pendant le service, il lui revenait de revoir la composition des pizzas et de les enfourner. Il était promu. Angelo se rappelait sa fierté : intérieurement, il avait exulté. Surtout en voyant la tête d'Elio à ses côtés, qui avait bien du mal à se contenir. Et puis, juste après, il avait ressenti un grand dégoût. Il savait que Dario était en arrêt maladie et le remplacer ne signifiait rien de bon. Un jour, lui aussi serait remplacé. De façon générale, il n'avait pas envie d'être cajolé. Ça l'enfermait dans un rôle qu'il était forcé de jouer et que pourtant il ne voulait pas jouer. Même la jalousie d'Elio le peinait, il avait honte de s'être mesuré à lui et d'avoir joui du pitoyable sentiment de sa supériorité. Quelques jours plus tard, il avait dit à Natalia : Je ne veux pas.

— Tu es fou ? On a déjà augmenté ton salaire.

Angelo ne savait pas argumenter. Il s'était tu.

Les circonstances, par ailleurs, étaient étranges : les propriétaires de Vecchia Italia, les sœurs Quadri, étaient toujours absentes. Elles laissaient Natalia, en vertu de son zèle, diriger le restaurant et celle-ci exerçait une autorité que les autres employés trouvaient souvent risible mais qu'ils n'étaient pas prêts à lui contester. Quand Angelo se retrouvait dans l'arrière-cour avec Nino, Elio et Andrea, pour fumer une cigarette près de la porte de secours, il riait avec eux de la moue dédaigneuse de Natalia ou des rondes qu'elle faisait entre la salle et la cuisine pour semer le silence chez les employés. Il se plaignait avec eux de sa fermeté, il se moquait avec eux de sa fausse bonhomie, il déplorait aussi comme eux la façon dont elle dissimulait des informations ordinaires, les faisant ainsi passer pour cruciales, afin d'asseoir son pouvoir.

Un jour, elle avait tancé Amalia car une semaine seulement après ses débuts, Pietro modifiait déjà les commandes sur le système informatique. Pour Natalia, il était inconcevable qu'il eût appris cette opération élémentaire auparavant, dans un autre emploi, seule Amalia avait pu lui expliquer et elle aurait dû comprendre, elle aurait dû sentir intuitivement que ce geste, fût-il bien intentionné, remettait en question une hiérarchie soigneusement et solidement construite. D'ailleurs, une simple réprimande ne suffirait pas, Natalia lui ferait payer d'une manière ou d'une autre. Angelo trouvait cela injuste mais il sentait déjà que devant ses collègues, il ne pouvait plus dire ça comme ça : ils le regardaient différemment, avec un tout petit peu plus de distance, puisque lui aussi, qu'il l'ait voulu ou s'y soit résigné, avait désormais un statut différent des autres. Quand le restaurant était vide, Angelo et ses collègues faisaient semblant de travailler, en particulier aux moments précis où Natalia rôdait, feignant elle-même de passer un ramasse-miettes sur une nappe ou de replacer une cale sous un pied de table alors que c'était parfaitement inutile. Quand le restaurant se remplissait, la tension montait d'un cran, les consignes devenaient plus strictes, les pauses plus courtes, réduites à des volées de reproches ou à des aveux de lassitude. Le temps consacré à parler d'autre chose que du travail lui-même se réduisait alors comme peau de chagrin. Les conversations entre employés fonctionnaient par allusions, interruptions et omissions. Ceux qui avaient de la répartie, un esprit vif et caustique, étaient favorisés. Pietro, par exemple, arrivait dans la même demi-minute à exiger quelque chose d'un collègue, à se défausser d'une erreur sur la cuisine et à faire rire une paire de clients, tout en déposant avec délicatesse deux magnifiques assiettes de ravioles sous leurs narines frémissantes. Les autres, comme Angelo, étaient perdus, s'épuisant à chercher la bonne réponse ou le mot juste. Trop tard, on ne les écoutait plus, on était déjà passé à autre chose. Il fallait être rapide, calibrer ses phrases, travailler efficacement, et à chaque moment de répit, faire de son mieux pour ne pas sembler se tourner les pouces. Quand il y réfléchissait seul dans son lit la nuit, Angelo s'apercevait que les choses étaient pires encore : ce qui tenait Vecchia Italia en ordre de marche, alors que les journées de travail s'étiraient parfois jusqu'à quinze heures par jour, que les échanges devenaient effectivement violents aux heures de pointe et insipides aux heures creuses, que la paie était misérable, que le menu ne variait jamais, que le travail de chacun était voué à se répéter de semaine en semaine et d'année en année, que les conseils, les encouragements et les griefs étaient communiqués par mail à l'ensemble des employés pour "éviter les discussions superflues avant le service ou devant les clients", ce qui incitait Angelo et ses collègues à passer tout leur temps ensemble, y compris certains jours de repos, ce qui les persuadait qu'ils n'avaient nulle part d'autre où aller, qu'ils ne pouvaient pas rentrer en Italie et qu'ils avaient le privilège de travailler dans un véritable restaurant italien dans le centre de Londres, ce qui les empêchait tout autant de poser des questions, de bousculer le fonctionnement quotidien de cette pizzeria médiocre suivant le même petit rythme depuis deux décennies, et enfin, de partir, c'était la peur, cette peur insidieuse et terrible qui condamne l'oisiveté, détruit l'imagination et rabaisse la vie au format d'un jeu de société où nous sommes des pions à l'odeur de colle qui avançons tant bien que mal, ébranlés par les coups de dés successifs, hagards et démunis. Angelo savait qu'en retournant à la pizzeria tous les jours, il renonçait à sa liberté, ce qui était abject, et il savait aussi que cela le distinguait de tous ceux qui erraient chaque matin à la recherche d'une occupation, ou qui se cherchaient une raison d'errer, une raison de ne pas errer dans l'errance, et qui en étaient profondément, durablement atteints. En comparaison, travailler était facile. Facile et lamentable.

*

À la table à côté de la mienne, Nunzio, l'homme-à-la-serviette, ne cessait de parler. La moitié du restaurant l'écoutait parce qu'il avait du mal à rester assis et gueulait comme un putois, ni plus ni moins, à travers la salle. La serviette blanche nouée autour de son cou ne cessait de s'agiter, ce qui n'était pas loin de me rendre fou. Il parlait de tout son corps, avec les mains, le buste mais aussi les pieds et les genoux, qui battaient l'air et manquaient de renverser sa table en lui donnant de grands coups. Les postillons tombaient en cascade, sur le visage éberlué de son voisin de table, dans son verre, sur la nappe. Il mangeait comme un crève-la-faim, en continuant de parler, et devait quasiment recracher chaque bouchée pour finir ses phrases. Il n'arrêtait pas de commander de nouveaux plats qui s'entassaient sur la table alors que certaines entrées étaient encore intactes. Et sa serviette s'agitait encore. Je songeais sérieusement à m'en servir pour le gifler mais je craignais de manquer de soutien. Il avait probablement un début de charisme car personne ne lui demandait de se calmer. Même Angelo, calfeutré entre son four à pizza et le muret qui le séparait de la salle, jetait des coups d'œil de plus en plus intéressés dans sa direction. Quant à ses collègues, après le portrait qu'il m'en avait tiré, je ne les regardais plus tout à fait de la même façon. Je me méfiais.

Nunzio était sans doute convaincu d'être assez drôle car il était attablé avec un gamin de dix-sept ans rencontré le jour même, qui ne pipait mot et ne faisait que pouffer en se cachant la bouche ou en retenant son crâne rasé des deux mains. Le gamin le trouvait pourtant ridicule et, à mon avis, il se foutait même ouvertement de lui car Nunzio avait cette tendance détestable et extraordinairement commune de ramener tout ce qu'il disait à lui-même sans s'en rendre compte. Dans les deux heures qui venaient de s'écouler, en se tournant dans toutes les directions, en s'adressant à tout le monde à la fois, il avait donc pu délirer sur le sens profond du tatouage qu'il avait à l'avant-bras, un cheval ailé qui ressemblait plutôt à une grosse mouche à merde, il avait pu confesser, avec des trémolos dans la voix, sa nostalgie de la Sicile, quittée à peine trois semaines plus tôt, et il avait tenté plusieurs blagues de mauvais goût que j'ai tout fait pour ne pas entendre. Les serveurs ne l'avaient sans doute pas encore viré du restaurant manu militari pour l'unique raison qu'il connaissait Nino, son cousin, occupé pendant ce temps-là à récurer les poêles et les plats, et dont les lamentations me parvenaient par instants du fond de la cuisine, sans que je sache si elles étaient provoquées par le savon qui lui rongeait la peau ou par la honte que lui inspiraient les braillements de son invité. Désormais ivre, ce dernier romançait sans vergogne le voyage qui l'avait amené à Londres en car depuis Catane. Au moment de franchir le détroit de Messine, une fois son car embarqué sur un bateau, il prétendait avoir vu un container s'ouvrir à l'arrière d'un cargo et déverser dans l'embrun et le fracas un tas de poupées aux visages menaçants, qui éclataient de rire en voyant la tronche médusée des êtres humains, faisaient la planche à la surface pendant quelques dizaines de secondes ou quelques pirouettes, avant de couler à pic et de disparaître dans les profondeurs. Et le pire, c'est qu'il avait un auditoire. Sept ou huit tables avaient tout simplement renoncé à leurs conversations pour l'écouter débiter cette aberration. Certains se croyaient au cabaret et avaient même tourné leurs chaises vers lui. Ma table étant à deux mètres de la sienne, j'étais coincé au milieu de ce spectacle affligeant. J'aurais dû fuir bien plus tôt, et si Angelo n'avait pas été tout près, à afficher des sourires béats, c'est évidemment ce que j'aurais fait. Nino a heureusement fini par sortir de la cuisine en pantacourt pour dire à son cousin de fermer sa grande gueule qui dérangeait tout le monde. Au bout d'un moment, elle ne dérangeait plus que moi, car le restaurant se vidait et j'étais encore là, pressentant que la soirée était encore loin d'être terminée. Natalia avait prévenu qu'elle partirait tôt. Dès qu'elle avait le dos tourné, Angelo et Malak sirotaient discrètement un fond d'eau-de-vie dans le même verre. En cuisine, on commençait à se détendre. Dans les couloirs, on rigolait de plus en plus fort. Le relâchement, attisé sans doute par l'exubérance de ce crétin de Nunzio, sautillait sur toutes les têtes comme un pou assoiffé.

Trois minutes après le départ de Natalia, j'étais entouré du crétin en question et de Lucifer – c'est ainsi que Nunzio, sans broncher, appelait le gamin hilare qui lui tenait compagnie. Je ne sais pas si c'est moi qui suis allé m'installer à leur table ou si ce sont eux qui ont pris d'assaut la mienne. Il faut dire qu'à cette heure-là, peu après minuit, j'étais déjà assez ivre, Malak n'ayant pas cessé de remplir mon verre d'un vin rouge piquant, qui me chauffait la tête. Ça n'était rien comparé au petit Lucifer, qui riait comme une baleine, et à ce mythomane de Nunzio, qui se vantait de n'avoir pas dessoûlé depuis son arrivée en Angleterre. D'aussi près, sa serviette s'agitait encore plus, en faisant un mouvement de va-et-vient absolument intolérable. Sans les effets dépresseurs de l'alcool, je n'aurais pas pu me retenir, je lui aurais fiché mon poing dans la tronche car il me fusillait de questions embarrassantes dont il n'écoutait pas les réponses mais qui m'obligeaient à dire quelque chose de moi et je sentais les regards curieux de Malak, qui triait les bouteilles de vin sur les étagères derrières nous, de Pietro, près de la caisse, et d'Angelo, à moitié caché derrière sa pelle à pizza, à l'affût de la moindre information croustillante. Et puis Nino est venu s'asseoir à notre table et s'est mis à glousser avec Nunzio, et quand je dis glousser, je devrais dire qu'ils caquetaient comme des oiseaux de malheur, car ça n'arrêtait pas, sur des sujets qui n'intéressaient personne, et ils étaient incapables de prendre en considération qui que ce soit d'autre, ni Angelo ni ses collègues, qui étaient pourtant de plus en plus nombreux autour de la table, ni le petit Lucifer ni moi. Je m'efforçais de rester digne au milieu de ce tapage effroyable. Pour cela, je me tenais bien droit, haussais légèrement le menton et observais mes voisins de table les plus bruyants avec le dédain approprié. C'est à ce moment-là qu'Amalia a déboulé de la cuisine, en demandant à Nino de lui présenter ses amis, de lui servir un verre et de lui dire où ils avaient prévu de passer la soirée. Et Nunzio ne s'est pas privé de répondre qu'il était prêt à tout, il ne connaissait pas Londres et il avait bien envie de s'amuser. Et tout le monde a snobé Merlin – je suis le seul à avoir eu la décence minimale de tourner la tête dans sa direction –, quand il a suggéré d'aller au pub car personne ne voulait suivre ce panais à taches de rousseur qu'on soupçonnait d'être l'esclave sexuel de Natalia. Et Elio a lancé un débat sans fin quand il a proposé O God, Forgive Us All, un bouge de Soho où ils avaient leurs habitudes, y compris celle de danser la chenille avec le patron. Et Amalia a tranché en invitant tout le monde chez elle, histoire de boire quelques verres pour commencer, et on verrait bien quel sort nous réserverait cette longue nuit peuplée de fous rires. Et même s'il faudrait veiller à ne pas faire trop de bruit parce que ses colocataires seraient probablement en train de dormir, même si Pietro nous a abandonnés dès qu'il a vu arriver le bus de nuit qui pouvait le ramener chez lui, même si Andrea était parti de son côté sans prévenir, même si le trajet s'est avéré beaucoup plus long que prévu, on a fini par atterrir chez Amalia, une petite dizaine d'entre nous, bientôt rejoints par le même nombre d'inconnus sortis d'on ne savait où, qui entraient dans le salon à la queue leu leu, habillés de noir de la tête aux pieds, les sacs remplis de bière et de whisky, et une fois vautrés aux quatre coins du salon, commençaient scrupuleusement à se pinter la gueule. Les colocataires d'Amalia ne dormaient pas du tout, ils se tordaient de rire sur un canapé, sous l'effet des quatre joints qu'ils venaient de fumer à trois. Les murs étaient étrangement couverts de papiers peints à zigzags rouges et de posters de Pink Floyd collés au mur sans aucun égard pour la symétrie. Quelqu'un semblait augmenter le volume de la stéréo toutes les dix minutes. La fumée commençait à former des volutes sous le plafond et dans l'escalier. Le couple qui habitait au sous-sol est venu se plaindre du bordel et a fini par y contribuer en improvisant un karaoké dans la chambre d'Amalia. De minute en minute, l'idée de ressortir pour aller ailleurs faiblissait. Sans doute parce que j'étais alors complètement ivre, je me suis dit que c'était le bon soir pour parler à Angelo. Lui parler vraiment, sans me réfugier derrière ses paroles ou un de mes gros silences fallacieux. Si j'arrivais à lui faire comprendre que je me sentais proche de lui, de sa sœur, de toute sa famille en réalité, sans avoir l'air d'un imposteur ou d'un gros bouffon, je me sentirais beaucoup plus léger, transformé, peut-être même rempli de pensées sages et d'un flegme impressionnant. Si je lui disais que moi aussi je l'aimais bien, j'étais sûr qu'il y verrait un signe d'amitié bienvenu et, somme toute, très agréable à entendre. En l'espace de quelques minutes, l'idée est devenue tellement fixe que j'étais déjà en train de lui parler, sauf qu'au moment de lever la tête, en faisant un effort risible pour ressaisir mes pensées et freiner les vagues d'alcool qui tempêtaient dans mon cerveau, je n'avais pas du tout Angelo devant moi mais un Lucifer enfin bavard, qui ne m'écoutait pas et était engagé dans son propre monologue en anglais, m'expliquant qu'il n'avait rien dit au restaurant pendant trois heures parce qu'il était espagnol et n'avait presque rien compris aux histoires que Nunzio dégueulait littéralement dans une bouillie d'italien et d'anglais parfaitement indigeste, sans parler de sa façon de se taper le cul par terre en riant à ses propres blagues, et même si je ne me souvenais pas d'avoir exprimé le fond de ma pensée aussi clairement, il était entièrement d'accord avec moi : ce Nunzio était un abruti complet, c'était très clair, il avait passé la journée avec lui car il n'avait rien de mieux à faire, c'était aussi simple que cela, et quand il a entendu qu'il pourrait manger à l'œil à Vecchia Italia, grâce au cousin de cet imbécile, clairement, il n'allait pas dire non et il l'a suivi, et il n'avait pas non plus compris ce que je venais de dire parce que j'étais clairement trop ivre pour articuler correctement, et il ne s'appelait pas Lucifer mais Felicio, c'est clair ? J'avais la tête qui tournait, les yeux qui louchaient dans tous les coins, mon dîner me disait bonsoir en remontant mon œsophage, j'ai bu quelques gorgées de bière, j'ai tiré sur le joint qui venait miraculeusement d'apparaître entre mon pouce et mon index, j'ai fermé les yeux quelques secondes et quand j'ai à nouveau regardé droit devant moi, par chance, le diablotin castillan n'était plus là, et j'ai aperçu Angelo à l'autre bout de la pièce, agitant sa tête au rythme de la musique, pris dans la même brume d'eau-de-vie que tout le petit groupe avec qui il était assis sur des coussins vert cactus, entre une enceinte chancelante, secouée par les notes de basse, et un Merlin écarlate, qui semblait sur le point de vomir. Les corps obscurs d'Amalia, Malak, Nunzio et Nino dansaient devant moi, alanguis, souriants, les paupières entrouvertes, flottant comme des mégots imbibés de vin dans le fond vaseux d'une bouteille. J'ai réussi à me frayer un chemin à travers la pièce en enjambant les colocataires d'Amalia, qui avaient glissé du canapé et étaient carrément allongés par terre, en esquivant les postillons énormes de Nunzio, qui avait quelque chose à me dire, quelque chose de vraiment très important, qui justifiait de se tenir à dix centimètres de mon visage en m'agrippant le poignet et de me souffler son haleine fétide dans le nez, quelque chose qui m'a obligé à feindre un pas de danse pour le contourner, et je me suis jeté en direction de mes frères et sœurs de débauche, qui avaient renoncé à tout, ne se levaient plus, se perdaient dans des dialogues sans queue ni tête, le corps absolument relâché, les veines saillantes, le cerveau assommé par le scotch et l'herbe, traversés à de rares moments par une fulgurance qui fusait du haut de leur boîte crânienne, se répandait comme la salive dans la bouche, s'élançait du bout de leurs lèvres sans la moindre force de propulsion et allait mourir sur un coin de tapis infect, taché de bave et de bourbon. Merlin s'est décalé pour me faire de la place et a immédiatement commencé à ronfler, la tête renversée dans un pot de lilas qui avait une odeur à laisser les fenêtres ouvertes cinq jours d'affilée. Une fois aux côtés d'Angelo, j'ai senti ma langue enfler dans ma grande bouche pâteuse et les phrases auxquelles j'avais songé avaient disparu quelque part au fond de mes entrailles. Pour me redonner une contenance, j'ai avalé la moitié de ma bière cul sec. On était tous les deux affalés sur nos petits coussins, de plus en plus attirés par la position horizontale nous aussi. Angelo s'est mis à me parler avec un tel entrain que j'ai été obligé de renoncer à mon plan pathétique et de me redresser pour l'écouter. Son regard me traversait, à tel point que je me suis retourné pour être sûr qu'il ne parlait pas à quelqu'un d'autre. Les gens autour de nous ont fui les uns après les autres. Même Merlin s'est réveillé en bondissant tout à coup vers la porte des toilettes. Quant à moi, il y avait quelque chose chez Angelo qui me fascinait encore et me rassurait en même temps. Peut-être sa manière de s'adresser à moi, aussi lentement que possible, comme si j'étais complètement idiot. En un rien de temps, en moins de temps qu'il m'a fallu pour ouvrir une autre bière et en avaler une gorgée, il me parlait de Lou. Il me disait qu'il rêvait d'elle assez souvent et qu'elle lui était même apparue en chair et en os l'autre jour, tranquillement installée sur une chaise longue de son jardin, alors qu'il rentrait du travail à quatre pattes, exténué. Il m'a demandé, comme si ça allait de soi, si moi aussi je rêvais d'elle. Hypnotisé par son regard, j'ai dit oui. Il m'a demandé si moi aussi je voulais la trouver. J'ai encore dit oui, en lorgnant de tous côtés par crainte d'être entendu. Je ne voulais pas que notre pacte secret s'ébruite au-delà du pouf vide devant nous. Quel moment de grâce. Tel un chevalier de la Table ronde, je me suis agenouillé devant mon roi, en signe de crainte et de respect, mesurant l'importance de la tâche qui m'incombait. D'un geste solennel de la main, il m'a tout de suite invité à me rasseoir en me demandant combien de verres j'avais bus. Dès le début, quand j'étais entré dans le restaurant pour la première fois en détalant au bout de dix secondes, quand je l'avais ensuite suivi jusque chez lui sans la moindre discrétion, il avait su à qui il avait affaire. Il m'avait tout de suite cerné et il savait que nous pourrions nous entendre. Et puis, entre nous, il n'y avait pas besoin de tout dire. Cet homme dépassait toutes mes attentes ! Je l'écoutais, émerveillé, incapable de faire autre chose que d'acquiescer à chacune de ses phrases, ressassant mon admiration dans mes pensées comme une bille dans un flipper. Ensuite, quelqu'un a sonné à la porte, on a entendu des cris, puis Nino a traversé le salon en courant et cherché à s'échapper dans le jardin par la porte de la cuisine derrière la maison, bientôt suivi par un jeune homme furieux, puis par Nunzio, la serviette désormais nouée en bandana sur le front, et la moitié des ivrognes présents dans le salon, tout à coup réveillés par cette arrivée en trombe. Le jeune homme, c'était Elio, que Nino avait apparemment enfermé dehors, côté jardin, avant de lui faire une tripotée de gestes obscènes par la fenêtre et de l'oublier complètement. Elio avait frappé à la porte de la cuisine pendant des heures mais personne ne l'avait entendu et il se les était pelées tout seul comme un con, il avait seulement réussi à rejoindre la rue en se faufilant par la fenêtre de l'appartement des voisins, au sous-sol, pendant que ces derniers continuaient de massacrer une sélection terrifiante des plus grands tubes des années 1990, il avait trouvé le moyen de s'enfiler la moitié d'un bol de guacamole au passage et de s'étaler l'autre moitié en travers de la gueule, et maintenant qu'il était de retour, il comptait bien coller à Nino la raclée de sa vie, d'autant qu'il n'avait jamais pu encadrer l'usine à ragots qui lui servait de bouche, et tout le monde était au courant que sa petite amie n'existait pas, et qu'il dormait dans le placard à balais depuis des lustres, et qu'il y ramenait régulièrement les épaves qui se traînaient dans les mêmes bars que lui, Elio avait une liste longue comme le bras, dûment consignée, qu'il pouvait fournir à qui de droit, et sur ce,

Nunzio a tenté d'intervenir mais il était clair que lui, il était en haut de la liste, Elio le détestait plus que tout, son mépris grimaçant faisait plaisir à voir, ça m'a requinqué et d'une certaine façon, rendu encore plus soûl, et j'étais à deux doigts d'aller expliquer à Nunzio qu'il n'était rien d'autre qu'un *pezzo di merda*, un étron de première catégorie, et Angelo a fini par se lever pour regarder avec moi la course poursuite engagée dans le jardin : Elio chassait Nino qui essayait de le raisonner en lui disant, *Elio, Elio mio, amico mio*, ce qui ne fonctionnait pas du tout, au contraire, Elio était encore plus énervé, et pendant qu'il courait après Nino, Nunzio brandissait un râteau au-dessus d'eux en menaçant de les frapper s'ils ne s'arrêtaient pas sur-le-champ, et Elio insultait Nino qui injuriait Nunzio qui criait sur Elio, et l'instant d'après, Angelo se jetait dans la mêlée en hurlant à Elio et Nino d'arrêter, espèce de couillons, vous n'avez pas honte ?, et je ne sais pas comment je suis arrivé à la conclusion que c'était une bonne idée, mais en l'entendant, j'ai immédiatement pensé qu'Angelo avait raison, que c'était honteux de voir ça, et je me suis précipité dans le jardin à mon tour, où il faisait un putain de froid de canard, un froid de matin d'hiver dans le trou du cul des Cornouailles, et pris d'une folie furieuse que je serais bien en peine d'expliquer, j'ai commencé à courser Nunzio, en essayant d'attraper sa serviette en bandana, et j'ai hurlé à mon tour, exactement comme j'avais entendu Angelo le faire, espèce de couillons, vous n'avez pas honte ? Et Amalia m'a crié Ta gueule ! en me fonçant dessus depuis un côté et quelqu'un que je n'ai pas vu venir m'a sauté en même temps sur les épaules à califourchon, et je me suis écroulé de tout mon long, la tête la première, dans un massif d'hortensias bleues, sous le poids de cette masse informe, et j'étais complètement sonné même si je pensais que ça n'était rien, qu'il fallait attendre et que ça passerait, je suis resté allongé un bon bout de temps, je crois même que j'ai piqué un somme en rêvant que je me noyais dans une piscine de bière brune très épaisse, et quand j'ai enfin relevé la tête, Elio traitait encore Nino de tous les noms, sauf que ce dernier était perché en haut d'un peuplier, il était même accroupi sur une branche, à câliner le tronc, il avait le vertige et disait maintenant *Eliolino, ti prego*, et lorsque Elio s'est mis à secouer l'arbre, il a crié Ah ! Au secours ! en serrant le tronc dans ses bras encore plus fort, et Elio a arrêté de le secouer et il a cessé de crier pour jeter un œil vers le bas, tout doucement, avec son regard d'écureuil apeuré. Pendant ce temps-là, Amalia et Malak avaient réussi à lier les pieds et les poings de Nunzio et essayaient maintenant de le bâillonner avec le miteux bout de serviette qui avait survécu au combat, bon débarras, ai-je pensé, et j'aurais presque qualifié cette scène de charmante, de douce, de doucement sereine si, en me relevant, je n'avais senti une tornade lancée à pleine vitesse dans mon cerveau et quelque chose qui me tirait en arrière, avant de comprendre que ma cheville était tenue en laisse et qu'à l'autre bout de la laisse, il y avait Felicio et Angelo, pliés en quatre en voyant ma tête ! Tu l'as bien cherché, ai-je entendu, en sentant alors tous les regards conspirer dans mon dos, les calomnies qui bruissaient derrière moi, il était évident que tout le monde me regardait du coin de l'œil avec un sourire réprobateur, bientôt ils se mettraient à rire à gorge déployée en me pointant du doigt, je serais livré en pâture à leur cruauté, je verrais un tribunal s'élever très haut au-dessus de ma tête, je verrais Nino descendre de son arbre, décréter l'union sacrée en faisant la paix avec Elio, enfiler une robe noire des plus menaçantes et s'installer sur l'estrade, je verrais Malak et Angelo s'asseoir à leur tour en me toisant avec la plus grande sévérité, la tête de tous mes juges se couvrirait de perruques blanches frisées sur les côtés, ils auraient tous les yeux fixés sur moi comme un troupeau de moutons, Amalia, Merlin et quelques inconnus encore plus effrayants se mettraient à bêler tous ensemble, je tenterais de m'enfouir la tête dans le sol pour échapper à ce déferlement de haine, et en voyant soudain Nunzio se pavaner librement, prendre place dans le siège du magistrat suprême, au centre de l'estrade, fanfaronner en me faisant des clins d'œil, plaisanter à mon sujet en mâchouillant des brins d'herbe et en me les crachant dans les cheveux, jubiler en égrenant la liste de mes forfaits depuis le début de la soirée – mon mépris pour ses blagues, mes silences arrogants, mes hésitations interminables au moment de passer la commande, les grimaces dégoûtantes que j'avais faites aux autres clients du restaurant, en particulier aux enfants et aux habitués de la maison, la bouteille de vin que j'avais attrapée sur une étagère, ouverte et consommée seul, au vu et au su de tous, l'addition que je n'avais pas payée, le sans-gêne dont j'avais fait preuve en m'invitant à la table de mes voisins puis à cette fête, le secret de Nino et de la remise à balais que j'avais répété à peu près à tout le monde toute la soirée, ma participation indigne au karaoké, et comme si ça n'était pas assez, le quiproquo insignifiant que j'avais transformé en scène d'apocalypse ici même –, pendant que Felicio, enragé comme un âne, entamerait une danse macabre autour de moi, en murmurant près de mon oreille, le matos est en route, *cabrón*, troublé, j'aurais tout juste la force de répondre, quel matos ?, et à la vue de son sourire diabolique, je sentirais tout le poids de la culpabilité et de l'injustice s'abattre sur moi, je serais condamné sur-le-champ sans avoir pu prononcer un seul mot pour me défendre, j'attendrais qu'on m'emmène, les paupières fermées aux trois quarts, roulé en boule par terre comme un vieux chien qui se prépare à la mort, je sentirais quelqu'un passer mon bras autour de sa nuque, me soulever d'un coup, me tirer jusqu'à l'échafaud, me porter en haut de ses marches et faire encore quelques pas avec moi jusqu'à la guillotine, et lorsqu'on me demanderait si j'avais encore quelque chose à dire avant d'aller cramer en enfer pour l'éternité, j'aurais le courage de rouvrir les yeux, je verrais un sourire s'esquisser sur le visage d'Angelo à quelques centimètres de mon front, je comprendrais que ma tête est posée contre son épaule et que c'est lui qui m'a porté depuis tout à l'heure, je lui dirais alors t'es vraiment un chic type, quelle chance de t'avoir rencontré, tais-toi, me répondrait-il, et au lieu du couperet contre ma nuque, je sentirais le souffle d'une porte qui claque derrière nous et la lumière de l'aube qui nous tombe dessus, et il commencerait déjà à faire nuit quand je me réveillerais le lendemain chez Angelo, allongé sur le ventre au milieu de son salon, sous l'œil malicieux du chat, avec une gueule de bois épouvantable, en me demandant comment j'avais fait pour me retrouver là et surtout, comment on s'était démerdés pour rentrer.

*

Angelo m'a proposé de rester chez lui indéfiniment. En son absence, je m'occupais. Je réglais la pendule et j'écoutais son tic-tac de plus en plus irrégulier au fil des minutes. J'allumais la bougie sur le secrétaire et je la regardais se consumer lentement, bercé par le vacillement de sa flamme. Je m'asseyais dans la chaise en plastique du jardin et je levais la tête vers le ciel, en ce début d'été, pour la baigner d'un bleu aveuglant. Je croisais parfois Andrea, qui me disait bonjour et au revoir dans la même phrase, et j'espérais revoir Malak à son retour de vacances. Je montais à l'étage et m'assurais que la porte de la chambre d'Angelo était fermée à clé. Je m'agenouillais et je regardais par le trou de la serrure pour vérifier qu'il n'y avait rien à voir, seulement un carreau de fenêtre donnant sur un mur. À chaque fois que je montais l'escalier ou que je m'approchais de cette porte, j'avais un pressentiment comparable à celui de ma toute première effraction en ce lieu : la maison elle-même bougeait. À l'approche du crépuscule, j'avais un peu peur que cette impression revienne, alors je m'installais dans un fauteuil du salon, j'attendais que le chat gris désormais familier vienne s'étendre sur mes genoux et je le caressais doucement. Un soir, il s'est lassé. En deux bonds agiles, il s'est retrouvé sur le secrétaire contre le mur, où ses griffes froissaient les collines de papiers sous lui. La bougie éteinte à ses côtés n'était désormais pas plus haute qu'un petit doigt dressé vers le ciel. Il m'observait curieusement. Je me suis approché, il s'est enfui, j'ai allumé la bougie avec un briquet, et en fouillant comme un rongeur ces piles innombrables, brunes, beiges, blêmes par endroits, qui tombaient sur l'abattant, débordaient des tiroirs, se dispersaient par terre, j'ai reconnu les pattes de mouche microscopiques d'Ada, légèrement penchées vers la droite, étalées sur toute la largeur d'une feuille volante, au recto comme au verso. Cette lettre adressée à Angelo était arrivée à Londres quelques jours avant moi.

Angelo, je ne viendrai pas te voir tout de suite. Mon genou tombe, je n'ai pas réussi à me lever ce matin et le froid, en bas du dos, arrive.

Pendant les spectacles, quand je suis seule dans le vestiaire, j'essaie, Angelo, de ne pas penser à Lou. Je pense à toi, je joue à la patience, je fais des mots croisés, j'enfile les manteaux les plus élégants, je fais mon Polichinelle, je pousse des cris de moineau, je construis des labyrinthes dans ma tête, des arènes dans ma mémoire, je compartimente, j'enferme chaque pensée grise dans une pièce, chaque idée fixe dans un placard, je défile entre les rangées de cintres mais le froid, en bas du dos, revient.

Au moins, quand je suis chez Chiara, elle me distrait avec son grand châle noir, son petit corps tout frêle, ses yeux embués de prodiges et la tendresse qui couve sous ses mains. Elle a toujours une histoire à me raconter même si elle se répète beaucoup, mélange les époques et confond les générations. Un jour, je suis sûre qu'elle va s'envoler et ne plus revenir. Quand mon hôte était encore là, on se cachait derrière le rideau pour épier mon appartement. Chiara le prenait parfois pour Stein et demandait où était Lou, pourquoi ils n'étaient pas ensemble et quel triste augure se tramait sous nos yeux. On le regardait surgir de la chambre à tâtons, avancer, s'arrêter, chasser quelque chose comme une araignée farouche filant entre ses jambes, tourner sur lui-même, perdre patience, s'énerver, se calmer, reprendre patience, attendre, cesser d'attendre, s'éloigner, revenir, s'asseoir dans le fauteuil à bascule et promener ses yeux entre la rue et le ciel, du trottoir aux fenêtres, jusqu'au rideau qui nous dissimulait et où on craignait d'être découvertes, lorsque son regard s'y arrêtait une seconde de trop. Maintenant, le salon reste vide, il n'y a plus que des mouches en lévitation, prises dans la poussière du soleil puis camouflées par les fissures au plafond. J'attends souvent le milieu de la nuit pour quitter Chiara et lorsque je traverse la rue pour rentrer chez moi, je sens le froid se glisser à nouveau sous ma chemise.

J'essaie de ne pas y penser, Angelo, mais je me demande encore pourquoi nos parents ont attiré Lou à l'époque, quand ils étaient jeunes et ne pensaient à rien et riaient tout le temps et devenaient fous d'amour l'un avec l'autre, l'un sans l'autre, avec nous et avant nous. Je me tiens chaud en m'enroulant dans ma courtepointe multicolore, je m'allonge sur mon divan et j'attends que ça passe et ça ne passe pas, et lorsque je suis avec Chiara, lorsque les souvenirs de l'enfance rejaillissent ou lorsque je suis avec toi en rêve, je n'y pense plus, et je supporte la nuit qui coule lentement sur les murs, mais ça ne dure jamais très longtemps, le froid revient toujours, juste derrière la hanche, en bas du dos, puis, quelquefois, dans tout le dos.

Je resterai couchée aujourd'hui et s'ils ont besoin de moi, je retournerai au théâtre demain. Sinon, si mon genou tient, j'irai marcher dans le parc des Aqueducs, sur notre chemin préféré, en direction du sud. Me répondras-tu, Angelo ? Me préviendras-tu si Lou te fait signe ? J'essaie de ne pas y penser mais par instants, je ne vois plus qu'elle et je ne sais plus ce que j'écris et de toute façon, j'ai froid. Si je ne viens pas, viendras-tu me voir à Rome comme tu me l'avais promis ?

Je m'arrête, mes doigts grincent, il fait froid, mon stylo glisse et fuse et c'est la nuit.

A.

*

Nous nous tenions compagnie, Angelo et moi. Quand il ne travaillait pas, nous allions marcher au bout de ces longues journées discrètes qui se gonflaient d'une chaleur aberrante avant de se retirer soudain dans un trou de souris, au coin du ciel. Nous avions besoin de renouer avec le tapage des rues, de secouer des pensées stagnantes, coincées depuis trop longtemps entre deux courants, de leur mettre des coups de pied régulièrement, comme dans une canette écrasée qui vole et s'arrête, vrille et se cogne, dévisse et tombe dans le caniveau, emportée par les eaux hérissées de Scylla Road.

Un soir, nous nous sommes faufilés dans les rues taciturnes de Camberwell. Nous marchions comme les enfants vont à l'école, tantôt sûrs de nous et imperturbables, tantôt éblouis par un rien, un coup de vent qui nous portait d'un trottoir à l'autre, un échafaudage érigé très haut, ou les bandes bleues et rouges qui s'enroulaient au bâton des barbiers, contre la devanture des magasins. Nous avons débouché sur une grande rue, nous l'avons remontée. Nous croyions souvent en voir le bout mais nous étions surpris par sa courbe, qui changeait la hauteur des bâtiments, la largeur des trottoirs puis d'un coup, toute la perspective. Un bus rouge à deux étages a foncé à tombeau ouvert dans la direction opposée à la nôtre puis j'ai reconnu l'homme en haillons qui passait devant nous en sifflant sur sa bicyclette difforme. Nous suivions un courant sombre où surgissait ici ou là un îlot de lumière : un sous-sol éclairé, une pelouse parsemée de lucioles, la tête jaune d'un lampadaire de chaque côté des passages cloutés. Des asphodèles géants apparaissaient à toutes les fenêtres, dans de grands vases translucides. Au coin d'une rue, Angelo m'a ouvert la porte d'un pub. Un pub tranquille de quartier. Les bières brillaient comme la topaze sous une lumière trop vive, la moquette et les tables sombres prenaient la couleur des cerises. Les tabourets vides ressemblaient à de grosses châtaignes bien rondes. Il y avait quelques habitués curieux de voir une nouvelle tête, puis indifférents. Sauf un qui ne bougeait pas et regardait la mousse au fond de sa pinte comme un miroir. Une anecdote venait briser le silence tenace. Un rire. Une piécette tombée dans un jukebox et un morceau de Pink Floyd qui inondait doucement la pièce. Nous avons commandé une bière chacun et nous nous sommes installés devant une fenêtre qui donnait sur la rue. Jolie petite alcôve au-dessus de nous. Joli bois de chêne. Jolie voûte protectrice. De temps en temps, Angelo se tournait vers moi et me souriait. J'essayais bien maladroitement de lui rendre ce sourire. Nous avons entamé plusieurs conversations sans suite mais ce que nous préférions, c'était regarder par la fenêtre, nous oublier en suivant le passage haché des silhouettes sur le trottoir ou des voitures un peu plus loin, et nous retrouver au croisement inattendu du regard de l'autre, tout à coup déconcertés, en riant bêtement. Angelo sortait fumer des cigarettes sur le trottoir, le dos tourné au pub, dans un angle où je voyais le crachin tomber lentement sur le haut de sa capuche. Au bout de la troisième, il m'a annoncé qu'il avait un entretien d'embauche dans un autre restaurant. Il aimait bien ses collègues mais il ne supportait plus Vecchia Italia. Il avait besoin de changer d'air. J'ai essayé de l'en dissuader avant de m'apercevoir que je n'avais pas d'arguments valables. Nous nous sommes couverts en saluant l'assistance d'un geste de la main. On va où ?, ai-je demandé une fois dehors, d'où l'on vient !, a répondu Angelo en se mettant en route sans m'attendre.

Nous rompions parfois avec nos visites rituelles au pub pour traîner sur le terrain vague qui coiffait le réservoir d'eau de Nunhead, jonché de cadavres de bouteilles ou de monticules de cendres qui fumaient depuis la veille, ou pour retrouver notre banc favori dans un square, amusés par la nonchalance du chien venu nous renifler les chevilles ou la poignée d'enfants qui prenaient un malin plaisir à plonger sur un toboggan tête la première. À deux, nous prenions de l'assurance. Nous rendions leurs grimaces aux bébés qui nous tiraient la langue depuis leurs poussettes ou nous renversions nos paquets de chips dans le vide en offrant aux pigeons quelques dernières rognures dorées. Nous avions le cœur réchauffé, alerte, à peu près comblé. Avec le temps, nous étions prêts à nous dire beaucoup plus de choses que nous aurions pu l'imaginer, sur l'isolement dans des villes aussi intimidantes que Rome, Paris et Londres, sur la façon morbide dont le travail pouvait rapidement occuper, sans qu'on s'en aperçoive, tout le champ de nos désirs, de nos frustrations et de nos attachements, sur nos familles dispersées aux quatre coins du monde, sur les amis qu'on regrettait et sur l'exil. Angelo m'a parlé de ce qui l'avait poussé à quitter l'Italie plusieurs années auparavant, de tout ce qu'il avait discerné beaucoup plus clairement dans un premier temps en s'installant ici, loin de sa sœur, en éprouvant et en dépassant le mal du pays. Depuis, il avait perdu cette lucidité dans ce quotidien étriqué, dans cette ville faite d'excroissances monstrueuses où il ne se sentait ni chez lui ni à l'étranger mais s'était simplement habitué à vivoter quelque part entre les deux. Si je ne fais pas attention, mon cas sera un jour aussi désespéré que celui de Lou Tamma !, a-t-il dit en souriant.

Elle lui avait toujours semblé dépaysée, frappée de cette maladie moderne où le voyage permanent et la réclusion sont les deux faces du même besoin funeste, du même désir immense de renoncement. La *camera blu* avait finalement été emportée par les flammes, quelques années plus tôt, et que Lou ait repris sa vie vagabonde ou trouvé un autre refuge et recommencé son travail, elle devrait dès lors porter le souvenir de cette destruction partout avec elle, sans le soutien précieux de Stein. Le feu, dont Angelo avait lu et relu la description dans un journal comme pour se convaincre de sa réalité, avait provoqué une onde de choc dans toute la région. Il s'était propagé à une vitesse beaucoup plus rapide qu'à l'accoutumée par les maquis et les garrigues. Il avait couru sur le bas-côté de la route, enfumé les terriers, étouffé et étranglé tout ce qui était à portée de main. Il avait encerclé la vieille ville, sauté par-dessus ses murs fortifiés, titubé devant les fenêtres et rampé sous les portes. Dans le même temps, il avait grimpé la colline par l'ouest, embrasé les oliviers et les aubépines, découpé la façade de l'église comme la lame d'un couteau, fusé jusqu'au sommet par les bruyères et les fourrés, avant de précipiter dans le vide la tête flambante des arbustes. Vu de la mer, une longue chape de feu couvrait la falaise et fondait sur la maison. Un témoin avait vu Stein s'entêter, écarter les cages d'escargots, se jeter dans les flammes et ressortir les bras chargés d'objets bleus, jusqu'à ce que ses habits rougeoyants se confondent avec le brasier et soient engloutis à leur tour. Il avait finalement entendu un cri, d'abord faible, qui adoucissait le fracas du feu comme s'il avait été lancé depuis une plage lointaine et prolongé par les spirales de vent, puis perçant et empli de douleur, le cri d'un oiseau énorme qui s'éloigne sur la mer déserte.

*

N'arrivant pas à penser à autre chose qu'à cette *camera blu* devenue, à travers les récits d'Angelo, un lieu fabuleux, en bordure du monde, je n'ai pas attendu très longtemps pour faire moi-même le voyage jusqu'à Gaeta et aller voir de mes propres yeux ce qu'il en restait. En me saluant chaleureusement, Angelo m'avait indiqué précisément quel chemin je devais prendre à mon arrivée dans la ville, comme s'il en revenait à peine, et avait insisté pour que je lui donne des nouvelles. Cela ne m'a pas empêché de me perdre en gravissant les sentiers bossus de la colline, car dans mon empressement, j'ai anticipé le moment de mon arrivée à plusieurs reprises et bifurqué trop tôt en direction de la falaise. Lorsque j'ai finalement franchi la grille d'entrée, il n'y avait devant moi rien d'autre que la carcasse calcinée de la maison, les murs écroulés sur eux-mêmes et leurs briques noires comme des caries, balayées par les rafales du *libeccio* et déjà recouvertes de pousses de cistes. Je suis redescendu vers le bourg et je me suis renseigné sur la fortune de Lou Tamma dans le premier café venu, gardé par un chien piaffant au bout de sa laisse, après avoir commandé un double *espresso*. Le serveur un peu circonspect, qui essuyait minutieusement des verres derrière son comptoir en écoutant ma question, m'a répondu qu'elle n'était pas partie très loin. Elle s'était enfuie sur l'île de Funaro, à côté de Ponza. Après le feu, elle avait acheté autant de planches de bois qu'elle était en mesure de transporter et elle avait pris le premier bateau à partir. Il n'avait plus entendu parler d'elle depuis. Quand je pense qu'elle a échappé à l'incendie *per un soffio* !, a-t-il ajouté en riant.

Le lendemain, je suis arrivé à Funaro en ferry aux premières heures du jour, escorté par de longues barques effilées. Pendant toute la traversée, les goélands tournaient autour de l'antenne du bateau en silence et plus la jetée approchait, plus leurs rondes s'élevaient dans le ciel clair. Je suis descendu du pont seul, le dos chargé de grandes bouteilles d'eau. Le port de pêche était sans vie, ses quelques restaurants fermés, et je me suis mis à marcher sur une route le long de la côte pour me faire une idée d'où je mettais les pieds. J'ai d'abord traversé un village endormi, enclavé au milieu d'un bois. Il attendait l'arrivée fracassante de la chaleur pour retirer ses ombres. Il y avait néanmoins certains pans de murs, certains passages étroits entre les maisons, protégés par le feuillage très ample d'un figuier, où la lumière n'accéderait jamais. Après le village, la route était bordée de maisons inoccupées, abandonnées ou inachevées. L'une d'entre elles, conçue pour devenir un hôtel, était bâtie sur trois étages complètement ouverts sur le dehors, car les murs porteurs n'avaient jamais été construits. Le palier supérieur s'était affaissé sur l'étage du dessous, laissant apparaître des tiges d'acier, des traînées de plâtre et des grumeaux de ciment, comme si les ouvriers, heureux de ne pas avoir à terminer leur travail, avaient balancé leurs matériaux les uns sur les autres, au hasard. La route se réduisait : au bout de trois cents mètres, elle devenait inaccessible aux voitures, cent mètres plus loin aux deux-roues. J'ai continué sur un chemin de sable et de terre, où les racines des arbres surgissaient à des endroits inattendus et créaient un relief difficile à arpenter. Une grande forêt de pins s'ouvrait devant moi, sur une colline qui semblait partir du sommet de l'île et terminer sa course dans la mer, parmi les rochers bruns et bleus. À ma gauche descendait un escalier vers une toute petite plage abritée par un récif. Bordé par une ligne de buissons bas, le chemin sablonneux longeait la falaise. L'eau était à environ trente mètres en dessous de moi. Je marchais sur une couche d'aiguilles de pin de plus en plus épaisse, dans un paysage extrêmement sec, rafraîchi de temps en temps par la brise marine. Le soleil commençait à irradier ce chemin d'une lumière puissante et étirait la mer immobile, la rendant moins sombre et plus profonde. J'ai marché encore plusieurs centaines de mètres avant de sortir de la partie la plus touffue de la forêt et de trouver une sorte de clairière rocheuse qui s'avançait jusqu'au bord du précipice. Le chemin s'y élargissait en un promontoire d'où la vue était saisissante. Si je regardais à gauche, je voyais en contrebas le rivage que je venais de longer, fait de minuscules criques où l'eau vacillait, se gorgeait d'écume, et repartait. Devant moi, alors que de rares nuages se dissipaient à l'horizon, est apparue une autre île volcanique. Quelques habitations dispersées étaient visibles parmi la végétation très dense qui la recouvrait. Une seconde petite île semblait la prolonger. Sa ligne de crête suivait les formes d'une gigantesque baleine à bosse dont la tête plongeait sous l'eau. Il n'y avait à cet instant aucun être humain ni aucun bateau dans mon champ de vision. À ma droite, enfin, plusieurs dizaines de mètres plus bas se dessinait une plage de pierres tombées de la falaise orange, empilées, polies et grisées par l'érosion. Les traces d'éboulis visibles à plusieurs endroits sur la paroi de la falaise renforçaient l'impression d'une matière crayeuse qui s'effritait peu à peu. J'étais suffisamment haut pour voir la plage dans toute sa longueur, quelques centaines de mètres, les corps nus qui y étaient allongés, les tentes qui y étaient montées, l'une discrètement derrière un rocher en forme de menhir, une seconde à l'autre bout de la plage, juste avant un renfoncement. D'autres rochers de tailles différentes, alignés le long du rivage, s'enfonçaient dans les vagues. Le plus gros, une boule de granit qui devait dépasser les deux mètres, semblait directement tombé du haut de la falaise, en un bloc. Je n'ai pas tout de suite compris comment accéder à la grève depuis le morceau de rocher surélevé où je me trouvais. La falaise tombait en effet à pic tout autour de moi et à moins d'improviser une descente sans la moindre protection, j'étais bloqué. Je suis resté là, penaud. J'ai contemplé cette plage merveilleuse, le grand calme qui y régnait, ces corps suspendus sur les pierres, repus de lumière. Je me suis assis sur le bord du promontoire, les yeux tournés vers la mer, en pensant à Lou, en me demandant si elle pouvait, d'une façon ou d'une autre, s'attendre à ma venue et si du fond de sa retraite, elle n'espérait pas quelquefois l'arrivée d'un visiteur. Une tête a alors surgi devant moi. Celle d'une jeune femme qui avait des feuilles tatouées autour des clavicules et un anneau d'argent au nez. Elle m'a dévisagé un instant, m'a souri et s'est élevée à ma hauteur comme si elle montait une marche très haute, avant de s'éloigner. Au moment où je l'ai associée à cette autre femme aperçue dans le cloître à Naples, les yeux rivés sur les danseurs fous autour d'Angelo, elle s'était déjà éclipsée. Je suis descendu par où elle était arrivée et je me suis aperçu qu'une sorte de chemin étroit faisait le tour du promontoire puis repartait en lacets dans l'autre sens après un virage à 180 degrés. J'ai dû parfois m'agripper aux rochers pour descendre sans tomber mais j'ai fini par arriver sur un parterre rocheux à deux mètres au-dessus du niveau de la plage et de l'eau elle-même. J'ai sauté sur la plage et pour échapper aux cailloux pointus qui me pinçaient la plante des pieds, j'ai couru me réfugier dans l'eau.

Les quelques campeurs à qui je me suis présenté vivaient neuf mois sur douze sur cette plage et connaissaient l'île par cœur. J'ai passé plusieurs heures en leur compagnie avant d'oser leur poser des questions sur Lou. Certains étaient contrariés d'avoir à aborder le sujet. Ils n'avaient jamais vraiment compris pourquoi elle s'était enterrée dans une maison de l'autre côté de l'île. À son arrivée, elle avait en effet très vite sympathisé avec tout le monde. Elle jouait au backgammon avec les anciens sur la terrasse des cafés, elle accompagnait les pêcheurs au large tôt le matin, elle nageait dans les calanques ébouriffées d'oursins, elle allait cueillir des grenades et les briser contre les rochers pour en extraire les arilles et en offrir par poignées entières. Elle était toujours sympathique et bienveillante, y compris envers les habitants qui se méfiaient d'elle parce qu'ils n'arrivaient pas à la cerner, à lui assigner un passé ou à lui donner un âge. Elle était souvent parmi eux mais elle donnait déjà l'impression d'être ailleurs. Il y avait de rares moments où elle s'isolait sur un bout de rocher et où son attitude traduisait un abattement inhabituel. Elle s'asseyait, le dos voûté, le regard perdu dans les vaguelettes qui avançaient sous ses pieds, et elle se mettait à jeter des cailloux dans l'eau, d'un geste sec, presque brutal. Les premiers mois, elle dormait sur la plage, puis elle avait installé sa tente dans la forêt de pins au-dessus de la falaise, face à la mer. Au lieu d'aller se baigner, de ramasser les déchets qui s'accumulaient quotidiennement sur la plage ou de construire des murets pour la protéger du vent, elle partait de plus en plus se promener seule, à l'heure la plus chaude de la journée, quand tout le monde s'abritait pour faire la sieste. Après la forêt de pins, elle empruntait une route pentue qui monte vers un hameau fait de dix maisons à peine au sommet de l'île. Un jour, on l'avait suivie. Il était difficile de garder un œil sur elle parce qu'elle était rapide et la pente réduisait considérablement les angles de vue. On la perdait dans les virages. Les rues étroites du hameau devenaient des escaliers encastrés entre les maisons qui montaient jusqu'au seuil d'une porte avant de se fondre dans le violet des bougainvillées ou de s'abîmer dans les fossés. Lou avait rapidement traversé le village et tourné à droite derrière la dernière maison. On avait découvert un mur à cet endroit et derrière lui, l'orée de la forêt qui couvrait le relief volcanique de l'île. Il n'y avait aucun chemin visible. Les jours suivants, on avait perdu la trace de Lou. Elle n'était plus revenue sur la plage ou dans les villages de la côte. Et puis, quelques semaines plus tard, un pêcheur l'avait retrouvée au bout de l'île, là où personne n'allait jamais par voie de terre, barricadée dans une maison en bois qu'elle avait construite de toutes pièces, refusant catégoriquement d'y laisser entrer qui que ce soit. Cela en avait intrigué plus d'un. On avait envoyé des convois officiels pour l'interroger. Il y avait même des touristes, apparemment, qui s'aventuraient jusqu'à sa cabane en bateau dans l'espoir de l'apercevoir et de lui adresser quelques mots. Et puis, petit à petit, tout le monde s'était habitué à cette présence lointaine. Après tout, Lou avait trouvé un terrain et construit sa maison toute seule, sans faire de mal à personne. Et puis, ça n'était pas leur affaire, ce qui intéressait mes interlocuteurs, c'était la plage, qui était menacée par les tempêtes infernales en hiver et les variations de plus en plus prévisibles et dramatiques du climat. Si je voulais en savoir plus, je n'avais qu'à aller voir par moi-même. Dans le village voisin, je trouverais certainement quelqu'un pour m'emmener sur l'autre rivage contre une poignée de *spicci*.

En chemin, je me suis assis quelques instants sur une pierre ensoleillée, au bord de l'eau, d'où je voyais les mouettes voltiger une à une dans les airs avant de se poser, aussi légères que possibles, sur les vagues. En plongeant les yeux jusqu'au lit de la mer, je distinguais, blotties sur le sable, repliées dans l'ombre des rochers ou scintillant dans une brèche d'eau claire, des algues bleues qui allaient et venaient avec le courant. J'ai continué le long de la côte et en arrivant devant un réduit en paille, noir de suie, je suis tombé sur un adolescent qui vidait des filets entiers de poissons argentés, encore frétillants, dans de grands seaux en plastique. J'avais à peine prononcé trois mots quand il a arrêté ce qu'il était en train de faire, m'a dit *si, si, si* en mimant un coup de pied pour chasser un chaton attiré par l'odeur de daurade, et m'a guidé jusqu'à son bateau à moteur. Tandis que nous contournions la pointe de l'île, traçant un demi-cercle sur l'eau, il m'a appris que j'étais la première personne à solliciter ses services depuis près de deux ans. Il n'y a pas si longtemps, il devait lutter avec quatre concurrents pour convaincre les visiteurs de le suivre. Il trouvait curieux que la fascination qu'exerçait la maison de Lou ait pu ainsi s'évanouir dans la nature du jour au lendemain. Il m'a déposé dans une crique minuscule et m'a dit qu'il m'attendrait là. Un sentier de pierres quittait le rivage et s'élevait dans un fouillis de lentisques et de branches de pins. Je l'ai escaladé difficilement, obligé quand sa pente devenait trop raide de m'aider de mes mains en me pliant vers l'avant pour garder l'équilibre, avant d'apercevoir la maison de bois, plus grande que je ne l'avais imaginée, qui devait faire environ quatre mètres sur cinq. Sur son toit beige, à demi caché par les feuilles voûtées d'un palmier, s'est posé un martin-pêcheur, aussitôt reparti à l'appel d'une trille au loin. Arrivé par l'arrière de la cabane, j'ai aperçu contre un mur un bâton de marche et des bottes. À gauche de la porte d'entrée au pourtour rouge était suspendue une petite boîte aux lettres. Tout en regardant un point fixe à la surface de la mer, j'ai actionné la chaîne en fer qui tombait d'une cloche de bronze à droite de la porte. Aucun son ne me parvenait de l'intérieur. La brise est tombée, la mer s'est tue, les oiseaux se sont figés tandis que j'attendais. Un court instant, tout s'est tenu dans un parfait silence.

OUVRAGE RÉALISÉ
PAR L'ATELIER GRAPHIQUE ACTES SUD
ACHEVÉ D'IMPRIMER
SUR ROTO-PAGE
EN NOVEMBRE 2021
PAR L'IMPRIMERIE FLOCH
À MAYENNE
POUR LE COMPTE DES ÉDITIONS
ACTES SUD
LE MÉJAN
PLACE NINA-BERBEROVA
13200 ARLES

DÉPÔT LÉGAL
1re ÉDITION : FÉVRIER 2022
N° impr. : 99501
(Imprimé en France)